梁 衡
— 著 —

物本无言 全在人悟

# 天边物语

·修订版·

中国出版集团
研究出版社

图书在版编目（CIP）数据

天边物语 / 梁衡著 . —— 修订版 . —— 北京：研究出
版社 , 2025.1. —— ISBN 978-7-5199-1741-8

Ⅰ . 1267

中国国家版本馆 CIP 数据核字第 2024B0N094 号


出 品 人：陈建军
出版统筹：丁　波
责任编辑：赵明霞
书籍设计：刘堪海

## 天边物语（修订版）

TIANBIAN WUYU（XIUDINGBAN）

研究出版社出版发行

（100006　北京市东城区灯市口大街 100 号华腾商务楼）

北京隆昌伟业印刷有限公司　新华书店经销

2025 年 1 月第 1 版　2025 年 1 月第 1 次印刷

开本：889 毫米 × 1194 毫米　1/32　印张 7.375

字数：120 千字

ISBN 978-7-5199-1741-8　定价：68.00 元

电话（010）64217619　64217652（发行部）

悟时生趣。现四物兼收，又图并存。

如王勃所说，四美俱而二难并。惜

时光易逝，好物难再，随即收之于

书。计有山水、器物、建筑、石刻、

人事六大类。这可看作一本大人

的小人书。连环画一本，插画版的

笔记抑或附有笔记的图画。

诸君在公余饭后，挑灯烹茶，把

卷共赏，或可会心一笑，况凌美

趣之中，此作者之意之愿也。

在本书将成之时，感谢老友美

术评论家贾方舟先生作序导读。

是为序。

序自娱

北京大学韩济生深爱此书，敬录其

二〇二一年五月五日

二〇二二年四月二十五日

韩济生院士手书《天边物语》序

# 天边物语　梁衡著

物语者借物言情说事,用话人生。在我的记者生涯中常碰到一些可奇可异之物,留其影,思其理,撷其趣,遂成片断笔记,今集纳成书并配原图与读者共享。

其取材标准为四字:稀奇美趣。

稀即稀有少见,多为珍存巧合之景。寺即寻乎寻常,有不可思议之形。美即审美的愉悦,或外秒之美,赏心悦目,或情理之美,回味无穷,趣即由物而生的情趣。万物以趣为贵,但稀而不奇不惊人,奇而不美反成怪,美而无趣无人爱,物本无言,全在人悟,悟则有美。

◎
梁
衡

# 修订版序

　　《天边物语》编写的本意是见物悟美，因物生趣，享受人生。本书自2021年出版以来，已重印三次，颇受读者欢迎，出版社决定修订再版。

　　这次修订，文字和图片数均有所增加。这些文字绝大部分曾刊发于国内各大报刊。全书仍保持因物起兴，借图说事，图文并茂的风格，只是版式改为以时间先后为序，增加了一点历史的沧桑感。个别篇章亦有抽换，淡化了政治，更贴近生活。为能更好地阐述写作意图，也为保持原貌，初版时的后记《文章为美而写》仍然保留。需说明的是，由于篇目变动，后记中所举的个别例句，在新版中已找不见。但这不要紧，类似的风格、句式，在新版中仍大量存在，一如往常。读者自可体味。

本书是一本随笔集，内容兴之所至，随心而走；形式无论何体，随手而用。如后记所说，行文过程中"几乎用上了一切可用的纸媒体手段：文、诗、词、曲、赋、歌、书、画、摄影等"。而在修订本将要发排时，我有缘去昆明参加世界读书日活动，正赶上罕见的"蓝花楹"盛开的季节，"满城尽戴紫金甲"。见景生情，美不由人，于是破例写了一首新诗压卷。这也更见出这本随笔集的信马由缰，即兴而作，情之所钟，美之所在。让我们共同来轻松地享受自然、享受生活吧。

蒙老院士韩济生先生所爱，曾亲手抄录初版短序。这次修订时经先生同意也收录在书前，以壮行色，不胜感激。

在本修订版将要付印时，新华网发表了美国读者范晓莉对初版《天边物语》的读后感，大洋彼岸，审美与共，顺附于后。

2024 年 11 月 18 日

◎

贾方舟

# 审美之旅（初版代序）

老友梁衡，作为一位受人尊敬的散文大家，一向以"宏大叙事"惊动文坛，他擅长写"大事、大情、大理"，写《千秋人物》，写《红色经典》，写周恩来，写瞿秋白，写张闻天，写辛弃疾，写名山大川，写古迹遗存；现在却跑到"天边"写山花野卉，写老墙歪房，写苔藓之美，写蘑菇之香……这本四万多字的散文集，居然收录四十一篇短文，六十九幅彩图，以满足读图时代读者的需求和审美趣味。

心理学家马斯洛说人的需求有五个层级，从低级的温饱需求、安全需求，到情感和归属需求、到他人尊重的需求和自我实现的需求。后来，他又在人的最高需求中增加了知识需求和审美需求。人只有在解决了最基本的需求之后才有可能进入需求的最高层级——审美，成为一个"审美的人"。马克思也说过"未来的人都是审美的人"，这意味着未来的人都具有从事艺术的机会，以及享受艺术的能力。

《天边物语》以散文随笔的方式阐释作者的审美情怀和艺术见解。悲剧与崇高，让艺术成为一个"征服人的黑洞"，而"最纯之美"和"最真之情"又将人引向至真与至纯。其实，真正的作家、艺术家都是未开化的孩子，永葆一颗童心，否则，作者身为一位多年的"官场高干"，怎么还会去留意一片落叶，并能读出其中的美感？

作者在书中还引了一个经典案例：大指挥家小泽征尔听到《二泉映月》，立即感动得要跪下来。

这不只表明《二泉映月》的艺术魅力，更证明了小泽征尔是一个真正懂艺术的"审美的人"。这本书正是开启一次审美旅行，让我们随着作者的审美足迹，进入人生需求的最高层次，做一个审美的人。

2021 年 7 月 4 日上午于京北槐园

◎

梁
衡

# 初 版 序

　　物语者，借物言情说事，闲话人生。
在我的记者生涯中常碰到一些可奇可异
之物，留其影、思其理、撷其趣，遂成
片断笔记，今集纳成书并配原图，与读
者共享。

　　其取材标准为四个字：稀、奇、美、
趣。稀即稀有少见，多为孤存巧合之景；
奇即异乎平常，有不可思议之形；美即
审美的愉悦，或外形之美，赏心悦目，
或情理之美，回味无穷；趣即由物而生
的情趣、理趣。凡物皆以稀为贵，但稀

而不奇不惊人，奇而不美反成怪，美而无趣无人爱。物本无言，全在人悟。

悟则有美，悟则生趣。现四物兼收，文图并存，如王勃所说"四美具，二难并"。惜时光易逝，好物难再，随即收之于书。计有山水、器物、建筑、石刻、花木五大类。这可看作一本大人的"小人书"，一本插图版的笔记，抑或附有笔记的画图。

诸君在公余饭后，挑灯烹茶，把卷共赏，或可会心一笑，沉浸美趣之中。此作者之愿也。

在本书将成之时，感谢老友、美术评论家贾方舟先生作序导读。

是为序。

2021 年 5 月 5 日

# 目 录

1990/05/19
--
2021/04/27
--

记于
江苏常州市

# 常州城里
## 觅渡桥

想不到偶然一遇竟与常州结缘三十年。

一九九〇年五月，我因公到常州出差，顺便去看瞿秋白同志纪念馆。纪念馆是瞿家的一座旧祠堂，正老屋旧院，暮云四合。突然院子里出现几个孩子在打打闹闹地扫地干活。我问："哪里来的小学生？"答：紧邻祠堂的是一所觅渡桥小学，这祠堂前原有一座觅渡桥。"觅渡"二字让我心头一惊！

　　想到秋白一生都在寻觅生命的渡口，临刑前还留下一篇《多余的话》。六年后，我终于写成《觅渡，觅渡，渡何处？》，很快被广为转载，并入选中学课本。二〇〇五年六月在秋白就义七十周年时，这篇文章又被刻石为碑立于纪念馆院中。二〇二三年又被改编成电影《觅渡》。"觅渡"二字成了概括秋白悲剧人生的文学意象，又是一种诚实人格与探索精神的象征。

　　随后"觅渡"二字竟成一种文化现象。常州街头出现多家以觅渡为名的商店，全国竟有一百多家觅渡公司、单位，许多网友的名字就叫觅渡。可见，秋白精神静悄悄地打动了多少人的心。

因为《觅渡，觅渡，渡何处？》一文的传播，觅渡桥这个老地名又重回人们身边。但是时势之移，桥早已不见。若能找回一座二百年前老桥，重续历史，也是一段佳话。这个念头一出，中国剪报社社长王荣泰与觅渡桥小学校长吴毅先生翻查资料，探访旧人，总算弄清了原桥的位置、式样，又请人设计施工。已经消失了二百年的觅渡桥，穿越历史风尘终于重现于现代都市，向人们叙说如烟往事。但是因地形的沿革变化，原桥位置已为闹市中的马路切去一半，只能修一座"半桥"以为纪念。

万事都讲一个缘分，三十多年前我若不去常州，去而未参观瞿秋白同志纪念馆，参观而未遇到几个孩子，就不知道有"觅渡桥"这个地名，也就不会有《觅渡，觅渡，渡何处？》一文，无文也就不会有后面一连串的故事。桥成，遂写了一篇《觅渡半桥记》刻于桥头以记其缘。记曰：

岁月流逝，山水易位。清嘉庆年间常州城内有一条子城河，河上有座觅渡桥。年荒日久，河桥早废，几无人知。幸而桥畔有一所觅渡桥小学，为老常州保存了一个旧地名。小学曾是中共早期领袖瞿秋白的母校，桥下的瞿家祠堂亦是秋白的故居。他当年就是踏过这座桥走上革命道路的。觅渡桥见证了中国和常州的一段近现代史。

为留住历史记忆，常州《中国剪报》社与觅渡桥小学发起重修觅渡桥。但原桥早已被穿城大街切去一半，车水马龙，旧景难再。于是另生创意，仍在北岸原址建桥，腾空向南戛然而止，是为半桥。时空穿越二百年，瞬间定格在一时。时人轻轻抚桥栏，念天地之悠悠，感时代之变迁。想后来者当更起宏图，长虹万里架到天外去！

1996 年，作者拜访瞿秋白的女儿瞿独伊

# 穿过死亡的生命之绿

1998/03/31
——

记于
意大利庞贝古城

这是一张老照片，虽然还没有发黄，但也已经有了点岁月，二十多年了，我经常翻出来看看。

一九九八年三月三十一日，我有机会访问了世界闻名的庞贝古城。在公元七十九年（中国的东汉时期）八月二十四日，这里发生了一次火山大爆发。过去我以为火山灾难事先都有征兆，许多火山口还是旅游之地。我在新疆的克拉玛依就看过一个现在还往外淌着热泥

浆的小包，人们已习以为常，爬上爬下地玩。长白山
的天池边，人们在用冒出地面的热水煮鸡蛋。但是这
处火山突然喷发，火山灰裹挟着有毒气体冲到几十公
里外的高空，日月无光，天地混沌。一张莫名的巨网
罩住了城市，全城的人瞬间就窒息而死。等到尘埃落
定，这座占地六十五公顷，有七个城门、十四座塔楼
的城市已被埋在五六米厚的火山灰里，像一场大雪盖
住了一小片树叶，整个城市就被人们渐渐遗忘。直到
一千六百多年后的一七四八年才被人偶然发现，开始
考古挖掘。因为是被厚厚的热灰瞬间覆盖，既隔绝空
气又屏蔽了人为的破坏，人们竟挖出了一座完整的
城市。

出于保护目的，限制游人，我去时全城寂寥无人，空荡如野，就像是登上了外星球。我们穿越到了公元初的意大利。十米宽的石板大道，上面还有深深的车辙。居民小院、商业店铺、各种作坊鳞次栉比。我走进一个面包房，灶台、面板、烤炉一应俱全原封未动。有谁家门前的地面上卧着一条硕大的黑狗，猛地吓你一跳。原来是用小块陶瓷砖拼绘而成，本意就是看门护院，千年后居然还能吓退生客。我奇怪，那个时候就有了马赛克这种建材，还被用来作画。有两样文化值得关注。一是角斗文化，城里居然有一座大型角斗场，常举行人与人、人与猛兽的角斗，比古罗马的角斗场还要早五十一年。二是娼妓文化，已经挖掘复原的妓院有二十五家，真堪比旧北平的八大胡同了。妓院墙上画着的"春宫图"还清晰可辨。只看这两样东西就知道这是一座极奢侈的消费型城市，也说明了它的发达程度。只是这时物留人空，空空的街道、空空的房舍已没有一点人气。没有人的呼吸，没有人的影子。

可能是上帝嫌这里的人们活得实在太"嘚瑟"了，很生气，一巴掌拍下来就把他们捂得严严实实，杳无声息。有人想跑，突然倒在路旁；有面包师伏在烤炉上；有一对男女在拥抱着呼喊……当然还有角斗场的惨叫、妓院里的调笑都瞬间死寂。火山灰劈头盖脸而

下，像制陶时浇下的石膏浆，整座城的街、房、车、人都凝成了这膏模中的坯子，随即又在这个洪炉中烧制定型。人在自然面前是何等的不堪一击。这让我想到中国的兵马俑，不过那是人工做好的陶俑被埋入地下，这却是上天把活人变成了陶俑。看得人大气都不敢喘一口。这比兵马俑的年代晚了二百多年。但历史无情亦有情，它把人类积累了几千年的文明瞬间打翻、冷藏、包装、深埋，在千年之后又借那个农夫或牧童的手轻轻翻开这一页，指给后人说："你看，你看！"

从庞贝遗址出来，路边正有一棵枯树，它已枯得只剩下多半个树身，树心的木质部分已经看不清，但龟裂的树皮节节而上，坚硬如铁，像武士身上黑色的铠甲，又像凝固的火山岩。这使我想起国内形容英雄树的一句话："站着五百年不死，死后五百年不倒。"而紧贴着它的脚下钻出一丛碧翠的绿叶。

啊，我一下子又觉得回到人间。我们敬畏自然，是因为自然在永不休止地呈现着死与生的轮回。我虔诚地靠上去与这树与绿叶合影一张，就取名《生命的绿叶》。

2000/08/10
--
记于
宁夏

# 深山夜话

宁夏南部山区，地广人稀。入夜后的山村格外寂静。

友人讲一事。那年他在当地下乡，晚饭后无事，数人在村头老槐树下听一老者说古。众人正听得入迷，老者忽戛然不言，徐而说："有动静。"众人侧耳，不闻一声。老者说："再听。"座中有人俯耳于地，果然有声。时断时续，橐橐（tuótuó）而至。满座皆惊，若寒蝉之噤。山高月小，唯闻山风过草之声。俄顷，一人说，有两人走来；又一人说，是一大一小；再一人说，是一人与一狗。正议论间，天际一线，月照山脊，有绰绰之影，又续闻踢踏之声。渐近，是一个人，两手各牵一只猴。老者喜曰："是玩猴人来了！"忙上前问候。知夜行数十里，还未吃饭，返身回屋，取来一饼，说："先压压饥。"玩猴人接过一分为三，先予两猴各一块。猴饥不择食。众即雀跃，围着猴与人，兴奋有加。

山中清远，无以为乐，看玩猴，亦是难得一乐事。

## 那青海湖边的蘑菇香

2001/08/29
--

记于
青海湖畔

诗曰：

都市豪宴夸美食，
不如草原鲜菇奇。
牛粪火苗石板烧，
归来三月香不去。

晚上下了一场小雨。第二天早饭后，藏族干部桑书记领我们去牧民家串门，遍野湿漉漉的，一夜间草丛里钻出了许多雪白的蘑菇，亭亭玉立，昂昂其首，小的如乒乓球，大的如小馒头，只要你一低头，俯拾即是，要多少有多少。这些小东西捧在手里绵软湿滑，我们生怕擦破她的嫩肤，或碰断她的玉茎。每当我们踩着一条黄泥小路走向一户人家时，一不小心就会踢飞几个蘑菇。而每户人家的门口都已矗立着几个半人高的口袋，里面全是新采的蘑菇。

老桑掀开门帘，走进一户人家。青海湖畔高寒，虽是八月天气，家里已生着一个铁火炉。这炉子的炉面特别大，像一张吃饭的方桌，油光黑亮。雨天围炉话家常，好一种久违了的温馨。我刚要掏采访本，老桑说："别急，咱们今天上午不工作，只说吃。娃子！到门口抓几个菌子来。"一个八九岁的红脸娃就蹿出门外，在草丛里三下两下弯腰采了十几个雪白的蘑菇，用衣襟兜着，并水珠儿一起抖落在炕沿上。老桑挽了挽袖子说："看我的，拿黄油来。"他用那双粗大的黑手，捏起一个小白菇，两个指头灵巧地一捻，去掉菇把，翻转菇帽，仰面朝上。又轻撮三指，向菇帽里撒进些黄油和盐。那动作倒像在包三鲜馅儿馄饨。然后将蘑菇仰放在热炉面上，齐齐地排成一行，像年夜包的饺子。不一会儿，炉子上发出吱吱的响声，黄油无声地融进菇瓢的皱褶里，那鲜嫩的菇头就由雪白而嫩黄，渐渐缩成绒球状。而不知不觉间，莫名的香

作者在青海湖边采访

牧民家里自制的黄油

味已经弥漫左右而充盈整个屋子了，真有宋诗里"暗香浮动月黄昏"的意境。我们每个人伸出两指，捏着一个蘑菇球放入口中——初吃如嫩肉，却绝无肉的腻味；细嚼有乳香，又比奶味更悠长。像是豆芽、菠菜那一类的清香里又掺进了一丝烤肉的味道，或者像油画高手在幽冷的底色上又点了一笔暖色，提出了一点亮光。总之是从未遇见过的美味。

在返回的车上，我还在兴奋地说着刚才的铁炉烤蘑菇，司机小伙子却回头插了一句嘴："这还不算最好的，我们小时候在野地里，三块砖头支一个石板，下面烧牛粪，上面烤蘑菇，比这个还要香。"

回到北京后我十分得意地向人推荐这种蘑菇新吃法。超市里有鲜菇，家里有烤箱，做起来很方便，凡试了的，都说极好。但是我心里明白，这无论如何也比不上草原上、雨天里、热炕边、铁炉上，那个土黄油烤鲜菇的味道，更不用说那道"牛粪石板烤蘑菇"了。

# 一条大河消失了，一棵树却还在

2007/08/13
——
记于
河南济源

去河南济源济渎庙已是十多年前的事了，别的都已经淡忘，只有那棵柏树却时时会浮现在眼前。那是我们民族一张沧桑的脸。

济源，即济水之源。这里曾经发源了一条大河，即与长江、黄河齐名的济水。它们都是中华民族的母亲河，各自成水系，源于群山，越过平原，奔流入海。但是，北方的黄河太强势了，它进入黄淮大平原后不断决口，有记载的大改道就有九次，较大的泛滥二十六次，小的泛滥不计其数。这条黄龙在南北一千余公里范围内来回翻滚、冲决。济水最终在清代被黄河夺去了入海河道，从地图上永远地消失了。至今还留下一批沿河的地名：济源、济南、济宁等。

令我奇怪的是，济水虽然已经消失了多年，但在它的源头还完好地保存了一座济渎庙（渎者，直流入海的河），庙起汉代，香火代代不绝。但是现在还奔腾不息直入大海的长江、黄河却没有这个待遇。朱元璋当皇帝后，专门有一道圣旨规范天下享受皇家祭祀的名单，济水之神赫然其中。济水流域曾造就灿烂的中原文化，其河虽没，其功实不敢忘。

济渎庙里的屋宇、墙壁、道路已不知翻修过多少次，唯独没有动的就是庙里的这一棵柏树。它从汉代走来，早已成了一座岁月的雕塑。我见到它的第一面就联想到那张著名的油画《父亲》。父亲端着一只粗瓷碗，手上青筋暴突，脸上堆满皱纹。几十年的岁月刻在一个老人的脸上，而两千年的岁月却刻在一棵古树上。在所有的树种中柏树是寿命最长、木质最硬、最耐得风雨、经得旱涝的树木。于是天地就拿它来做一根写人记事的木棒，好比太史公写《史记》的竹简，或者上古时结绳记事的麻绳。柏树立于庙中，静观天地之变，凡大事内印于年轮，外显于树干。换一朝，

肌肤鼓出一道棱；经一劫，树纹盘出乱麻一团。雷声霹雳，山河改道，树身一个激灵，呈痛苦扭曲之状；天下太平，风和日丽，得以喘息数年，树纹又渐渐顺畅。如此，天灾人祸，天道轮回，昨日电劈一刀，今日雨抽一鞭，后日又春风洗面。一日一日，树干伤痕压着伤痕；一年一年，树纹麻团绞着麻团。树已不树，皮已无皮，如一块顽石，一块女娲补天的落地之石，刻着我们民族的一张饱经风霜的脸。

岁月演变，一条大河消失了，而这棵柏树却还在。当我们怀念已经永远逝去的济水时，可以来济水的源头摸一摸这棵柏树，仿佛还能听到从历史的隧道里传来的流水声。济渎临终时将它的后事一起托给这棵老柏树。树比河流更久长，因为它是一个活着的生命，在不停地采日月之精华，吐故纳新，暗记流年。年复一年，渐雕塑成这一座两千岁的老身苍颜。庙里年年神鸦社鼓，人们把香火献给这棵附载着济渎之魂的老柏树。

# 冬季到云南去看海

2010/12/10

——

记于

云南腾冲

　　年末深冬季节，到云南腾冲考察林业，主人却说，先领你去看热海。我心里一惊，这大山深处怎么会有海，而海又怎么会是热的？

　　走了些时候，渐渐车前车后就有了些轻轻的雾，再看对面的林子里也飘起一些淡淡的云。我说："今天真算是上得高山了。"主人笑道："正好相反，你现在是已下到热海了。"我才知道，那氤氲缥缈、穿林裹树的并不是云，也

不是雾，竟是些热腾腾的水汽，我们车如船行，已是荡漾在热海之上了。所谓热海，是一个方圆八平方公里的地热带。地下的岩浆一直蹿到离地表还有七八公里处，用炽热的火舌喷舔着地面。地下水被煮得滚烫，形成一个名副其实的热海。

热海有"海眼"，最大的一个就是著名的"大滚锅"。要看这口大锅先得爬上一个高高的"锅台"。我们拾级而上，还未见锅就已听到滚滚的水沸声，头上热气逼人。上到锅台一看，这口石砌的大锅，直径三米，深一点五米，沸腾的热浪竟有尺许之高。由于

长年累月的滚煮，锅沿上已结了一层厚厚的水碱，真是一口老锅。大锅前又开出一条数米长二尺来宽的石槽，亦是水沸有声，热气腾腾。槽上架着一排竹篮，里面蒸着土豆、鸡蛋、花生等物。这恐怕是我见过的最奇特的蒸笼了。游人可以上去随意品尝这地心之火与山泉之水的杰作，就像在城市路边的早点摊吃小笼包子。我们看惯了日夜奔流不息的江河，可谁又见过这年年月月翻滚不止的开水大锅呢？忽然想起张若虚的那首名诗："江畔何人初见月，江月何年初照人？"这山上何时现滚锅，滚锅何时初见人呢？

因为地处热海之上，山上山下的温泉就随处可见。有的潺潺而流，兀自成潭；有的点点而滴，挂垂成线；还有的间歇而喷，如城市广场上的音乐喷泉。山民竞相开温泉池浴为业。我们选了一处浴室推门而入，原来这个浴池挂在半壁上，如高楼上的阳台。只见偌大一个池子，被石缝中探出的大叶榕树遮去大半，而一株老藤左伸右屈就做了这池子的栏杆。池边杂花弱草，青苔翠竹，池水清清见底，水面热气微微蒸腾。水从一个石龙头中注入，漫过池沿，无声地贴着石壁滑向山下，如一堵谁家宾馆大堂里的水幕墙，淋淋潺潺。我凭栏遥望着对面林梢上升起的轻轻的雾和脚下谷底游走的云，又翻身入水，仰望蓝天白云，觉得自己就是一条天上之鱼。天下真有这样的海吗？

　　下山时我留心山上的植被。有本地的松、柏、杉、樟，还有远古时期留存下来的曾与恐龙为伴的黑桫椤。有一种我从未见过，枝如杨柳，叶如榆钱，在这个隆冬季节满树还缀着些红绒绒的花朵。主人说，这属柳科，就叫红丝绿柳。啊，好浪漫的名字。现在科学家已经弄清热海的来历，是这满山的绿树饱饱地蓄足了水，然后水慢慢地渗入地下，经地火加热后又悄悄被送回地面，这个过程七十五年一个周期，循环往复，湍流不息。这么说来，我们现在既是行在密林之中，又是站在历史的河岸上。这块神奇的土地，我已说不清到底该叫它热海还是绿海，抑或岁月之海。其实它就是一个为地热所蒸腾、绿树所覆盖、岁月所打造的令人陶醉的生态之海。

2011/10/02
——
记于
山东枣庄

# 青檀树铭

　　山东枣庄有青檀沟，以其内遍布青檀树而得名。沟深二里，两岸全为一色的青石，石上丛生青檀树千余株。

　　青檀名檀却属榆科。其叶如榆，其子如榆钱。幼时枝细而柔，中年时皮光而滑，青绿有纹，树叶婆娑，亭亭如盖，诚树中之美人也。树立于道旁自带三分静气，不威自重，无风也凉。盛夏时节，无论何人只要往树下一站，隐隐如有冰雪之感。相传当年岳飞因军务劳顿染目

疾，来此小住，数日即目光炯炯。

青檀最可看的是老树。皮也裂，干也枯，枝也虬，根也露，与青壮之树比仿佛换了一个树种。这沟里共有三十六棵千年以上的老树，当沟口一株就名"千年青檀"，守门把关，如天王立殿。沟内有迎客檀、虎檀、鹿檀、梅檀、龙字檀、槐抱檀等，直至送客檀。千奇百怪，神形怪影，牵人衣袖，惊魂动魄。

这条沟记录着树与石的对话。青檀抱着光秃秃的青石，大小根钻洞觅缝，直撑得石头横开竖裂。青檀子孙繁衍，满山青绿，六百年的毅力，千年的意志，就这样与石头相拥，与时间共勉。史上曾有一次大旱，众松柏生于崖，渴而死；而青檀抱于石，挺而立，更见绿。世间无论何树总是求土以固其根，求水以润其脉，唯青檀却借石来养其魂，坚如石，危如岩，立如岸。魂存则命不死，静待天雨来，勃勃焕生机。世人皆知莲出淤泥而不染，而少知檀生顽石而愈绿。

我初识青檀并不是在山野，而是在都市的家具店里。檀属榆科，本贫贱出身，而青檀家具却与紫檀、花梨等一类的高级红木家具摆在一起。它没有红木的那种傲气和珠光宝气，也不顾影自怜，喧闹噂瑟。我当时见到的是一套圈椅茶几，漂亮的弧线，沉沉的墨绿透出隐隐的花纹。静中有声，暗中有明，一直幽远到无形。我随即联想到国画中的青绿山水、京剧舞台上的老生、名曲《二泉映月》和穿着布衣的民国学者。它出身贫贱却不卑不亢，气度自在，魅力袭人。就是最阔气的家具城也不敢把它当榆木看待，而要请它来与红木为伍为之压阵。青檀树皮还是制造中国宣纸的基本材料，文房四宝，它居其一。纸寿千年，全赖青檀。

伟哉青檀，青青不老。

# 桃花源里有一块神奇的碑

2011/11/10
——
记于
湖南桃源县

　　湖南桃源县的桃花源景区有一块青苔斑斑的古石碑，上面刻着一首顶真回文诗。闻一多说诗歌是戴着镣铐跳舞，这首诗的创作难度极大，是同时戴着好几副镣铐。不但要合韵脚，每句的首尾字还要顶真，即下句首字重复上句的末字。但本诗又别出心裁，难度加倍，只许重复上字的一半，即半个字。而匠人在刻碑时，又再加一层难度。全诗首字从中心刻起，由里到外，最后一字收尾，正好是一幅完美无缺的正方形图。这是修辞学、诗词格律与几何形式的结合，凭空增加了许多趣味（只有一点遗憾，最后一字没有咬回首字之半）。国内仅见此一例，特收录如下：

那天我不觉技痒，也仿其格填了一首顶真回文诗（比原诗更苛求一点，首尾都半字相咬）：

因曾数读桃花源，

原知诗人梦秦汉。

又来桃源寻旧梦，

夕阳压山柳如烟。

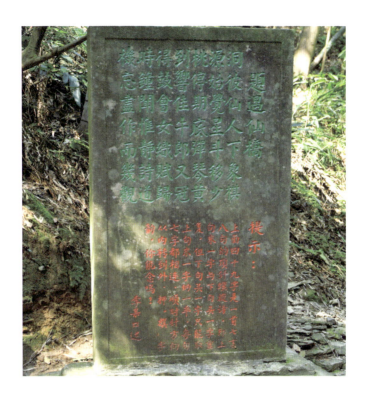

　　这个例子更复杂一点，既是顶真，又是回文。而且所"顶"和"回"的字只取其半。只有汉字才可能做到这一点，所以也就有了一种奇绝之美。

2012/05/21
--
记于
湖北赤壁市

# 石兽
## 一口吸尽长江水

  龙可以说是中华民族的图腾，它是力量和美的化身。据闻一多考据，这图腾的原型最初是蛇，后又加了鹿、虎、狮等形象。今人又考证了当年黄河流域出土的鳄鱼化石，可能龙中又杂糅了鳄鱼的多鳞而凶猛。这个图腾既能屈伸而飞腾，又美丽而威严，拿来作一个民族的名片是很让人骄傲的。

  古代为神化皇权，就说皇帝是真龙天子。而老百姓更崇拜真龙，让它无所不能，护佑百姓。人的第一需要是水，就让龙来管水，尊之为"龙王"。没有雨水时向它要，水泛滥时又让它来治。中国大地上到处有龙王庙。我还记得小时村里久旱不雨，村民头戴柳枝圈抬着龙王像求雨的情景。民间传说的时间愈长，神就造得愈细致，人们也在尽情享受自己的想象力。于是就让龙生了九个孩子，各司其职，所谓"龙生九子"。各种传说版本不同，但一个目的：人想要什么，就让龙生一个儿子去干什么。比如，古代石碑很多，谁来驮？就生一个赑屃（bìxì），力大驮碑。人想发财，就生一个貔貅，有口无肛，只进不出，让它来聚财。貔貅成了经商之人佩戴的吉祥物。人间水患多，就让龙生一个蚣蝮来镇水。蚣蝮嘴阔肚大，能一口吸尽江河水，常放于桥头、江边。北京石刹海的后门桥下就有一个。

　　蚣蝮是什么样子，我见过一次。二〇一二年五月二十一日，湖北赤壁组织了一次作家采风。我们在浩瀚的江面上兜了一圈风后弃船登岸，沿着人工凿的石磴爬升到高高的路边。就在这路与磴的交接之处，有一只石兽静静地蹲在树荫下，它就是蚣蝮。我当时首先是被它的美所震撼。这个龙子不是长蛇形，而是狮虎类的兽形，周身鳞片，蹲卧在地，引颈吸水，一口吞尽长江水。它的发力点在腰部，所以背弯成了一张弓，那一根绷紧的弧线构成了这件石雕的主旋律：力

量感。双脚杵地、怒目圆睁更加强了吸的力度。而口中正在吸的水，却被设计得很小，只有兽的一只爪子大小，让你尽情地想象它是怎样轻松地一口吸尽长江水的。什么苏东坡《赤壁赋》里的"纵一苇之所如，凌万顷之茫然"，什么《三国演义》里的火烧赤壁，都让它一口吸到肚子里去了。这是中国传统艺术的写意手法。在戏曲舞台上一根马鞭就是一人一马，一面帅旗就是千军万马。这是一个无名石匠的作品，但堪称大师之作。我围着它转了好几圈，合影一张。

有趣的是这座石兽还是一个治水预言，可谓"一吸成谶"。长江能不能"高峡出平湖"？从孙中山时期就有设想，到底该不该修三峡水库一直争论不休。在一九五八年一月毛泽东主持的南宁会议上两派曾有一场"御前大辩论"。为了慎重，中央批准一九五八年十月先在赤壁的陆水修建一座三峡试验坝，一九七六年建成。它涵盖了现在三峡大坝的所有功能，有一座主坝、十五座副坝、灌溉渠首、电厂、升船机等。水库容量七点零六亿立方米，约为三峡水库的五十六分之一，四十五年后真正的三峡水库建成。往上追溯，这陆水水库就是三峡水库的原型，如果再往上追溯呢？就是这座虾蟆石兽了。

幻想是埋给未来的种子。

# 一棵改写了历史的老樟树

2012/10/19
--
记于
江西瑞金市

诗曰：

> 忽有炸弹从天降，
> 古樟轻轻接在怀。
> 无意救得伟人命，
> 一段青史从此改。

一九三三年时任中华苏维埃主席的毛泽东正在一间农家的小阁楼上办公。楼旁有一棵千年大樟树，覆盖了半个楼顶。国民党飞机来轰炸，炸弹垂直下落，正好卡在樟树的树枝间，未能落地爆炸，救了毛泽东一命。如果没有这棵树，以后中共的领袖当不知是何人，历史又不知该怎样书写。二〇一二年我去采访时，已经过去七十多年，这颗炸弹还挂在树上（现为仿制弹），已成为旅游景点。我拍下这张照片，但那棵树实在是太老了，枯木朽株，随时可能离我们而去。于是，回来后我取其意画了一张画，以定格这段历史。

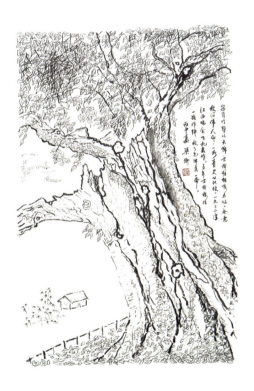

画，是画家头脑的思考，当然不是照相机痴呆的镜头，它总是要说点什么。这幅画想说的是，一个人，不管你多么伟大，也离不开自然的怀抱。你看那棵大树，它横空出世正俯瞰着大地。

# 周恩来手植腊梅赋

2013/02/18
——
记于
江苏淮安市

中国人爱松、爱菊、爱竹、爱兰，而爱梅尤甚。松耐寒而花不显，竹青翠而无香，菊经霜而不受雪，兰多香而少坚。唯梅有色有味，经霜耐寒，寿比松柏，香胜幽兰。而梅中之极品犹数腊梅。

淮安周恩来少年读书处有其手植腊梅一株，现已逾百年，枝叶满院，高比屋肩。其一树六股，遒劲曲折，上下翻飞，如绳缠龙盘。每当盛夏之时，枝探墙外，四壁难禁勃勃生机；浓荫覆地，

满院都是盈盈之情。晨风轻摇，碧叶向天奏有声之曲；皓月初上，疏影在墙写无声之诗。而当寒凝大地，北风过野，雪盖高原，这青瓦老宅中腊梅怒放，忽如一座金山横空出世，灿若朝阳，满树黄花无一丝杂色，方圆数里，暗香浮动，荡气回肠。此总理手植腊梅之大观也。

　　总理在时，此腊梅静生默长，人们亦不觉有奇。墙外风雨墙内树，落叶飘飘送华年。花开花落，无论冬夏短长。然自一九七六年总理大去，举国同悲，万家悼伤，怀念之情与日俱长。虽开国总理，这九百六十万平方公里之国土竟无一碑之立、一石之安，魂之所系不知何方，祭之所向一片空茫。今年是总理诞辰一百一十五年，念神州大地，有何物曾与总理同生同长，生命却仍在绽放；又有何物经总理手泽，却依然长此留香。唯此手植腊梅，玉树临风，山高水长！于是仰树怀人，对梅神伤，游人如织，默念忠良。念总理当代宰相，官居一品，却党而不私，官而不显，劳而无怨；念总理德高一品，却生而无后，死不留灰，去不留言。噫，大道无形，大德无声。其大智、大勇、大德、大才、大貌，齐化作这株一品古梅遗爱在人间。君不见这腊梅铁干铜枝，曲节回环，伤痕斑斑，曾经多少辛酸仍挺身向天；君不见这故居青砖小院，每当大雪漫天，上下皆白，一梅出墙香清益远。

　　呜呼，人去梅开，总理归来。叶落归根，香飘江淮。民族之魂，国之一脉。大无大有，周公恩来。

韶
山
毛
泽
东
图
书
馆

2013/12/25
——
记于
韶山

　　到韶山参加一个纪念毛泽东诞辰一百二十周年的活动，意外地发现在离毛泽东故居不远处的山坡上，有一座毛泽东图书馆。图书馆不大，实用面积只有六百八十平方米。这里只收三类书：一是毛泽东写的书，各种选集、文集、单行本；二是毛泽东看过和评点过的书；三是各种研究毛泽东的书。馆的功能以收藏、陈列为主，兼有一点借阅，游人可免费参观。

　　一般无论博物馆、图书馆都有自己的镇馆之宝，我问接待我的刘馆长："能不能看看你们的宝贝？"他自己先戴上一副薄薄的白手套，然后让管理员捧出一个盒子。打开，是一本蓝皮黄纸的书，小三十二开本，约有一寸之厚，他说："这就是我们的镇馆之宝，是已知的历史上出版的第一本《毛泽东选集》。"时为晋察冀日报社社长的邓拓主编。版权页上写着："编印：晋察冀日报社；发行：晋察冀新华书店；定价：三百元（边币）；一九四四年五月初版。"

　　当时纸张奇缺，从书的翻口上可以看出，纸质和色度都不一致，但它却有一个惊人的装帧——蓝色缎面精装。这是从地主老财家找来的缎子被面，用手工制作的，这样的精装本只做了十本。我们现在看到的这个本子是三年前图书馆花了三十万元从河北一个收藏者手里买来的。现在社会上还流传着另一本，品相比这本还好一点，缎面上的一朵暗花正好在封面的中心，拍卖价已经出到一百六十万元，主人还不肯出手。

　　馆内收藏各种毛泽东著作版本两千多种，一九四九年以前的有七百种。其中还有一些珍品，如一九四五年七月我江南根据地在芦苇荡里用芦苇制纸印刷出版的《毛泽东选集》，有陆定一曾签名

收藏的中共晋察冀中央局一九四七年三月编的《毛泽东选集》一到六卷，等等。

最特别的是各种手抄本《毛泽东选集》，抄者大多是书法爱好者。一位河北沧州的退休干部用行书在宣纸上手抄了全部《毛泽东选集》四卷，每个字如小核桃之大，然后手工装裱成书四十八册，在一九九八年十二月二十六日毛泽东生日那天，他亲自将书送到韶山。还有一个毛笔宣纸手抄四卷本，一色蝇头小楷，每个字与《毛泽东选集》里的铅字一样大，每一页无论页码、标点、版式、字数都与原书相同。抄完后也手工装订成一套《毛泽东选集》四卷。这简直是一件巧夺天工、以手工而夺现代印刷机器之工的稀世艺术珍品。这些手抄本都曾有人出天价收藏，但作者只捐赠给这里，分文不取。

毛泽东一生酷爱读书，他去世后从菊香书屋清出九万多册书。毛泽东的读书习惯是看一遍画一个圈，有的书上竟画了二十四个圈。他一生读过多少书，已经无法统计，从英文版的《共产党宣言》到《红楼梦》，甚至还有《安徒生童话》等，古今中外无所不包。

馆藏书中最多的还是后人研究毛泽东的书，有三万多种。

从图书馆出来我又重游了毛泽东的故居。故居旁是毛泽东八岁时开始上的第一个私塾——南岸私塾。他八年换了七个私塾，总是不停地发问，老师已经教不了他。从南岸私塾到毛泽东图书馆，这两处的空间距离只有一里地，而时间跨度是八十年。八十年的读书、思考、奋斗造就了一个伟人；而八十年的血与火、情与泪、功与过又全部留在他的书里，藏在山坡上的这座图书馆中。

# 命薄原来不如纸

2015/10/17
——
记于
北京京西宾馆

诗曰:

　　纸寿千年共河山，
　　墨透纸背证青史。
　　望断尘烟八千里，
　　命薄原来不如纸。

　　京西宾馆的会议大厅里挂着一幅大画《万里长城图》，上有张爱萍将军的题字："极目长空万顷波，纵横点染势

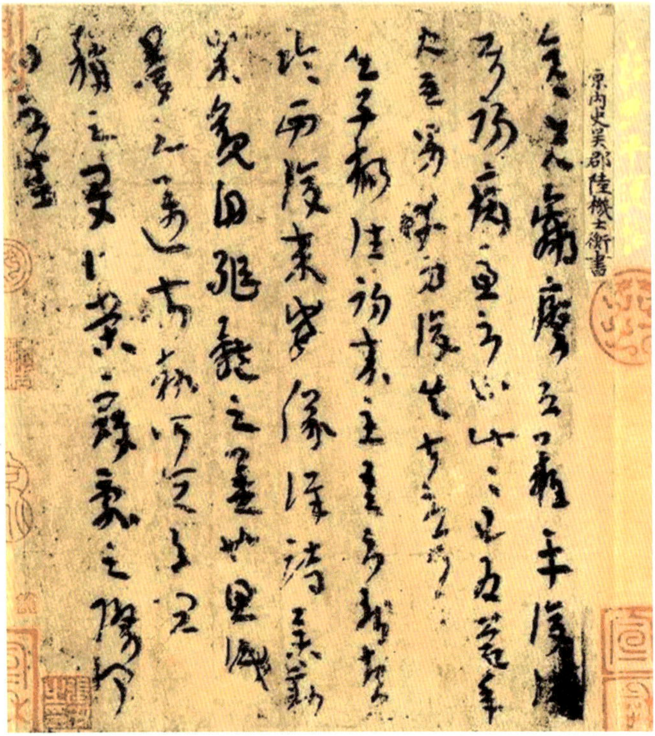
晋内史吴郡陆機士衡書

嵯峨。中华儿女雄今古，万里龙盘壮山河。"画的落款时间为一九八四年，到今年三十一年了。这个宾馆也不知已经历了共和国历史上的多少大事，送走了多少大大小小的人物。会议年年开相似，年年开会人不同。画的作者及张将军也都已作古。

我每次去开会，都不由得要扫几眼这幅画。三十一年了，仍然是纸白墨黑，树绿花红，色泽不改，而我却两鬓渐白，抬头有纹。再环顾四周，旧朋渐少，新人如笋，物是人非，逝者如斯。顿觉人的生命原来是这样的娇嫩，这样的不耐岁月，竟不如墙上的一张纸。其实，这三十一年的宣纸还只能算纸中的婴儿。前些日子，报上说发现一幅晋代的字，距今已一千七百年。人的寿命往长了说，九十年可以了吧，但也只有这张晋代字纸的十九分之一。

呜呼，命薄原来不如纸。看来，人如要寿，只有把生命转换成墨痕，渗到纸纹里去。

2016/01/14
~~
2018/02/16
~~
记于
海南定安县

# 一棵树的树林

诗曰：

谁言独木不成林，
片片绿叶都吐根。
垂空抓地皆成树，
子孙遍野满乾坤。

　　花了整整一上午的时间逛风景，却没有走出一棵树。这是海南定安县的一棵大榕树。

50

　　树木的繁衍各有高招。最常见的是风吹种子四处飘散，落地生根。如在北方，春天榆钱、柳絮漫天飞，夏天就榆、柳遍地，是为"籽生"。有的如枣树、丝棉树，树根在土里四处钻，说不定在哪里就冒出一棵树，是为"根生"。而榕树却是个会唱戏的"须生"。既不靠籽，也不靠根，整日里抖搂着它那把大胡子，须梢刚一着地就倏地被吸进土里，名为"气

根"——别的树是先有土后长根，它是先在空气里长好根再去找土地，不按常规出牌。积以时日，树生须，须生根，一棵树就变成了一片林。我见过的最大的"一树成林"是广东珠江上的一个小岛，叫"小鸟天堂"，因为巴金去过写了一篇文章而有名。但那也只有六亩多地，而海南这处有九亩多，却少为人知。这个"须生"在台上卖力地唱戏，却没有名人来捧它这个"角"。

我是二○一六年一月去海南找树时偶然发现这处景观的。它枝枝蔓蔓，盖满了一片地又爬上了一座山。在别的林子里看树一棵是一棵，这里你"顺藤摸瓜"，抓住一根须能摸遍一片林。入口处是一个树挽树的大长廊，气根如麻，飞须漫天，人一下子就如钻进了一团绿云里。我立时想起了欧阳修的《蝶恋花》："庭院深深深几许，杨柳堆烟，帘幕无重数。"我们就这样侧着身子钻过一层又一层的帘幕。我手摸着那些被拉得直如棒、硬如铁的气根，想起希腊神话里的大力士安泰，只要脚一沾地，任何外力就再也撼不动他。那些未落地的胡须还在空中来回地飘，像深海中游动的海蜇。脚下杂花铺路，林外蕉叶招手，绿叶筛落一地阳光，如梦如幻，光怪陆离，像是走进了一个神话世界。我们转了一圈从山坡上下来，才找到这片林子的源头——一棵七百多年前的老榕树，老得只剩下还缀着几根青枝的两片半枯的树皮。但这又有什么，你看它的子孙已经盖满了原野，还在不停地舞动飞须。

二〇一八年春节，我再次拜访了这片由一棵树衍生出来的榕树林。

# 路边一枝芭蕉花

2016/01/17
--

记于
海南

诗曰：

谁家彩笔墙外挂，
写罢山水画车马。
摘笔在手欲题诗，
却是一枝芭蕉花。

二〇一六年一月，我在海南乡村的路上，看到一家院子的墙外伸出一枝芭蕉花，足有一尺多长，绿杆红头，酷似一支大彩笔。就像公园里常见的，练字人蘸着水在地上写字的那种大笔。我简直想用手去把它摘下来。我知道动物常有拟态的功能，比如"枯叶蝶"活像树上的一片枯叶，有的蛇极像一根树枝。那是为了伪装、逃生或者为了捕食。但我真不明白，芭蕉花长成这个样子，是为了吸引文人墨客来写字的吗？它也要以此谋生吗？

我只有这一次，在海南见到过这样酷似彩笔的芭蕉花，后来留心观察，再往北到长江一线，虽蕉叶仍大，花却小而无形了。古人说蕉叶题诗，从未听说过借蕉笔写字。看来，古代文人多集中在江南，到过海南的不多，没有触发他们的灵感。南宋，李清照曾避难江南，最南走到浙江，有词："窗前谁种芭蕉树，阴满中庭。阴满中庭，叶叶心心，舒卷有余情。"如果女词人能到海南，或许会说："窗前谁种芭蕉树，笔悬中庭。笔悬中庭，浓墨重彩，挥洒有余情。"

中华版图柏

诗曰：

　　　　抓地托天立边墙，
　　　　惯看金戈与狼烟。
　　　　翠枝尽染霜与雪，
　　　　化作版图来纪年。

　　在晋、陕、内蒙古三省区的交界处有一座山名高寒岭，属府谷县境，它是长城内外的切分点，又是万里黄河的拐

弯处。岭上有一柏树，树冠的剪影极像一幅中国版图。我是二〇一三年初上高寒岭时见到这棵树的。我信万事有缘，凡自然之物形有所异者，必是上天情有所寄、理有所寓。果然这棵柏树见证了千年来中国版图的演化。

宋王朝建立后，这里是对夏、辽作战的前线。而后方供应基地却在河东，即现在的太原。朝野争论要不要撤掉这几个孤悬前沿的据点，皇上便派范仲淹、欧阳修前来调查。

范、欧力主不撤，从此巩固了边防。范在这里还留下了那首名词《渔家傲·秋思》：

> 塞下秋来风景异，
> 衡阳雁去无留意。
> 四面边声连角起，
> 千嶂里，
> 长烟落日孤城闭。
>
> 浊酒一杯家万里，
> 燕然未勒归无计。
> 羌管悠悠霜满地，
> 人不寐，
> 将军白发征夫泪。

高寒岭上的第二出中国版图大戏是在康熙年间。当时长城外有一支准噶尔蒙古族，时常南下侵城略地。为此康熙亲率大军出征，一六九七年三月四日过高寒岭住了一宿。晨起口占诗一首《晓寒念将士》："长河冻结朔风攒，带甲横戈未即安。每见霜华侵晓月，最怜将士不胜寒。"这一战彻底消灭了其首领噶尔丹，奠定了现在中国的版图。

康熙在边境线上还办了两件好事。一是再不修长城。他说："秦筑长城以来，汉、唐、宋亦常修理，其时岂无边患？明末我太祖统大兵长驱直入，诸路瓦解，皆莫敢当。可见守国之道，惟在修德安民。民心悦则邦本得，而边境自固，所谓'众志成城'者是也。"一个封建皇帝，能懂得把长城筑在民心上，真是难能可贵。二是开放长城两边的禁地，蒙汉融合。清王朝开国初期为避免蒙汉矛盾，沿长城一线划出五十里宽、一千里长的缓冲地带，称为"禁留地"。蒙民不得放牧，汉民不得种地。这次他过高寒岭下令开放。第二年，山西、陕西的汉民即纷纷拥入准格尔旗开垦土地，这就是后来绵延数百年的走西口的由来。有了外来人口，清政府沿长城一线，以"仁、义、礼、智、信"五字命名，分了五段，这可以看作最早的"经济开发区"。边境经济繁荣，文化融合，为后来发展成多民族的国家奠定了基础。

后来，我将这些挖掘出来的史料写成《中华版图柏》一文发表在《人民日报》，当地立即抓住时机，建了一座"高寒岭人文森林公园"，以"中华版图柏"为主题，建了一座"范欧亭"，立了康熙大铜像，山上又遍植牡丹，现已向游人开放。这棵翠柏矗立在山巅，不但形似中华版图，更一遍又一遍地向人们讲述着中国版图形成的故事。

# 一树成桥

词曰：

卜算子

立为一棵树，倒是一座桥，
桥下流水东去也，桥上行人早。

一任众人踩，无言亦不恼，
更发新枝撑绿伞，伞下儿童跑。

游走各地见过无数的桥，大江、大

河上的桥，跨海桥，铁桥，木桥，水泥桥，但只有这座桥是我记忆中的唯一：一棵树倒地为桥，但是它还活着。

这树名梭柁树，据说月亮上的桂树就是它。我也是第一次见到。粗大的树身横搭过一条水渠，树根在这头，树梢在那头，合抱粗的树干稳稳地撑在对岸，就像一个正在做俯卧撑的巨人，人们就在它宽阔的腰背上来回行走。这棵树，竖起来也有两三层楼那么高。当初可能是一场大风或一次洪水让它扑倒，但是根还

连着土，它没有死。像一个负伤的勇士，它作了许多次的挣扎，想站起来，没有成功。从树梢那一头发出的新枝已有股肱之粗，探伸着，尽力探向自己的脚根，似乎在高喊："起！"但是起不来了，它身子太沉了。树倒地已经很有些年头，你看那新枝也要长成第二代的大树了。而且它已发现了自己的新使命，何必起身？就这样为人们当一座桥！一座青枝绿叶的有生命的桥。当时我不由得惊喊了一声：一树为桥。他们说，好，这个景点就这样命名。

我想，游人来到这里，一定会有各种各样的联想和沉思。

我当时想到的是鲁迅的"俯首甘为孺子牛"和臧克家的那首诗《有的人》。可改为《有的树》：

　　　有的树倒下了，却还活着。
　　　它宁愿俯下身子，为人民做一座桥。
　　　当春风吹过的时候，桥畔是青青的野草。

我是二〇一六年四月十七日在江西横峰采访时见到这处奇景的。横峰及附近几县是方志敏烈士创建的根据地。他从这里出发带先遣队北上是为掩护红军西行，那是注定要牺牲的，但他无怨无悔。后来兵败，他本已和参谋长粟裕带八百人冲出重围，但是大部队还未出来。他说"我是领导，理应和大家在一起"，又返身回去，因此被俘就义。

当地有很多关于他与梭柁树的传说。其一是他极英武俊美，白马短枪，粉丝无数。他每在梭柁树下读书，起身后，警卫员总能在树后找见几双由妇女暗送的布鞋。我曾亲访过一个当事人名周桂兰，那时老妇人已九十七岁。

# 山中柿红无人收

2016/11/18
--

记于
河南渑池县

诗曰：

山中柿红无人收，
沟底麦绿秋水流。
又到一年冬闲时，
鸟不飞鸣人不走。

二〇一六年深秋我到河南渑池去寻访一棵名"奶奶柏"的古柏树。车行深山大涧之中，阒寂无人，崖畔路边的柿

子树正挂着火红的果子，任其自落，无人采收。因节令已到，一吃冷风，柿树的粗干细枝都变成黑色，蜿蜒曲折，如一团飞线，在空中作不规则的飘舞卷动，宛如向空中撒出去的一张旧渔网，网上挂着一盏盏的小红灯。而红与黑，向来是最庄重的搭配，就像我们过年时用红纸黑墨写春联。车行山顶，隔着这张"树网"眺望谷底的景色，就如一英国贵妇人戴着垂丝沿帽，隔着网眼看人。山下房屋绰约，炊烟人家，依稀

朦胧。沟底秋播的冬小麦已泛出新绿，一幅天然图画。"我见青山多妩媚，料青山见我应如是。"天人相通，心境大好。

画家吴冠中晚年致力于西画与中画的结合，追求诗意的朦胧，我的一个美术评论家朋友多次为吴的画策展，号"新水墨派"。一般来讲，外行理解经典，总是俗人说俗话。就像喜剧演员赵丽蓉说："探戈就是蹚着走，三步一窜两步一回头。"以我俗人之见，这新水墨就是渔网画，朦胧的线条如渔网抛空，上面挂着些晶亮的小鱼。何况眼前挂的更是几盏微明的小灯呢？我拍了这张《空山柿红图》，又找来一张吴冠中的画，不信你来比一比。

白居易在山里看到盛开的桃花，惊呼："人间四月芳菲尽，山寺桃花始盛开。长恨春归无觅处，不知转入此中来。"今天我无意间在这深山大涧里，看到大自然原来是这样作画，正是：

> 匠心力穷心用尽，
> 不如山色一面开。
> 莫恨绝技无师处，
> 只缘未到此山来。

## 红枣的前世今生

2016/11/23
--

记于
陕西佳县

虽然，我这本小书里收的都是普通之物，捕捉的却是最稀罕的镜头。当我在陕北佳县的一片枣树林里，发现这个老树结出新枣的场景时，立即爱不释手。这是生命的更替、辩证法的胜利。

中国人都爱吃红枣，喜其色艳味甜，补气血、美容颜，但很少有人知道它的前世今生。

红枣由野酸枣进化而来，在这条路上至少已走了五千年。它草莽出身，混生荆棘丛中。繁体汉字的枣字就写作"棗"，是棘字的上下版。小时，秋天收枣叫"打枣"，有枣没枣三竿子，皮愈伤，来年长得愈旺。民谚："体无完肤，枝无尺直，浑身有伤，遍体新枝。"二〇一六年我在陕北考察枣树起源时发现一棵一千四百年的酸枣树，有合抱之粗。要知道，酸枣为灌木，枝干一般只有筷子粗细。那里至今还有成片的人工酸枣林。中国是红枣大国，红枣产量占全世界的百分之九十八。联合国粮农组织普查全球农业家底，在中国佳县找到一棵一千六百年的枣树，专门给它授了一块身份牌。

枣树生生不息，根极广，果极繁。常会在树身的百米之外突然冒出一株可爱的小苗，或在树干的糙皮上伸出一枝细嫩的"枣吊"，吊着一颗红红的"玛瑙"。

枣生北方却不畏寒冷。严冬，树干被冻得开裂，噼啪作响，来年仍是满树绿叶红果。其木质极硬，色深红，可制上等饰品。民间常用作车轴、油榨、炕沿，喜其经久耐磨。白居易诗："君若作大车，轮轴材须此。"枣树不娇贵，是平民化树种，人见人爱。杜甫忆儿时，"庭前八月梨枣熟，一日上树能千回"。苏东坡出游，"簌簌衣巾落枣花"。枣花确实好看，金色，五角，再加枣红为底，枣专家自豪地说，你看像不像我们的国旗？

枣，平时为果，病时为药，荒年为粮。古代农书、药书、兵书上都有记载。周秦时，枣即为军粮。明代朱元璋大移民，诏书明定：往有枣处移，可活民。小时农村的孩子饿了，红枣就是他的饼干。我还记得母亲哼的民谣："一颗枣子压压饥，两颗枣子饱肚皮，三颗枣子不淘气。"凡产枣地，家家都会备一大缸枣面备荒。当年毛泽东转战陕北，军无粮，常以枣充之。一九四七年将进入战略反攻，他通宵工作，起草了《中国人民解放军宣言》。早晨主席睡去，警卫员打扫房间，桌上一篇文稿、一堆烟头，还有一堆枣核。打天下，这红枣也是立了大功的。

红枣在民间为吉庆之物。过年时蒸枣馍；结婚时，被窝里撒一把红枣，喻示早生贵子。现在到了手机时代，有聪明人将红枣制成表情包，一美女坐大红枣上，招手说：枣（早）上好！有商家开发一新产品，大红枣夹核桃仁，又甜又香。广告词是：我枣（早）想核（和）你在一起。

从周秦到网络时代，时空移，枣不变，情更痴。

# 鬼子与老子

　　二〇一七年我还是在全国到处寻找有故事的树，云游到河南鹿邑县。这里是老子故里，留有一个老君台，台上有一棵柏树。一九三八年六月一日，日军侵华时有一发炮弹嵌入树身却没有爆炸，至今还有弹痕。只这一点还不足为奇，战火中碰到一发哑弹是常有的事。奇的是日军在城外向这处高地连发十三炮，发发命中，却无一爆炸。除一发嵌入树中，其余嵌入大殿的前后墙内，甚至大梁上，都静悄悄的如泥牛入海。日军入城后探得这是老子的炼丹之地，以为触犯了神仙，忙跪地谢罪，并派兵保护。这处遗址，包括弹痕都被完整地保存下来并成了旅游之地，也留下一个不解之谜。

时间到了一九八〇年，硝烟散去，中日友好。当年的日军炮手梅川太郎访华，专程到鹿邑谢罪忏悔。一九九七年九月他再次随友好团来华，访问团只到开封，但他个人坚持要再去鹿邑还一个愿，就离团，一人扛了一块长条状的"谢罪碑"，亲自送到鹿邑老君台。不过，我们将之称为"和平碑"，碑上分别用中文、日文、英文写着"我们祝愿世界人类的和平"。梅川太郎终了心愿，回国不久就去世了。

这件事情没法解释。是老子显灵吗？这个世界上的人有各种各样的世界观，但大致可分为两大类：有神论和无神论。当人类生产力低下受制于自然，许多事情无法解释时就造神。随着科学的出现和进步，神被一个一个地否定。但是到现在科学仍然不能解释全部的问题，只好还保留一部分神，这就是各种宗教和崇拜。牛顿发现了星球间因引力而转动，但是不明白最初是怎么转起来的，他只好把这个专利让给神，是神的"第一推动"，他还是信上帝。现在西方的许多大科学家、得了诺贝尔奖的科学家仍然信上帝。但许多事情宗教也不能解释，比如既然上帝、真主、佛都

有慈爱之心，为什么还赐给人类以战争？他们都有保佑人的能力，为什么人间还有许许多多的不幸？

科学和宗教都无法解释的事情交给哲学。老子哲学的核心是顺其自然，无为而为。该来的自然会来。你看，从一九三八年到一九九七年，六十年后鬼子不是给老子认罪来了吗？还立碑为证。

但这个过程也太长了，代价也太大了。也许在科学和宗教之外，还有一个什么开关在冥冥中起着作用。我们敬畏自然，憧憬未来。

丑
碑
记

　　二〇一七年过河南南乐县，拜谒仓颉陵。仓颉为传说中的造字圣人，全国有多处陵、庙纪念。明朝天启年间，宰相魏广微等四个南乐籍的大臣奉旨在仓颉陵旁修建仓颉庙，竣工时立大方碑两通以记其盛。当时大名府知府向胤贤命南乐知县叶廷秀负责此事。南乐县小无钱，知府向胤贤就号召各县捐资，并带头许诺捐银十两，各县知县也许诺各捐银五两。叶廷秀见钱有着落，即迅

速办成了此事。碑共左右
两通，左碑刻"三教之祖"，
右碑刻"万圣之宗"，各四
个大字。左碑后刻了捐款人
名单并银两。碑立毕，叶廷
秀向各位收银，不料知府却
赖账，分文不出。各知县同
僚碍于叶廷秀的面子，只肯
出一两银子。但方碑上的名
字和捐献银数都已事先刻
好。叶廷秀生性耿直，他发
话说："你们让我为难一时，
我让你们丢人万世。"于是

他命人在知府向胤贤"银十
两"之后加刻两个字"未给"，其他知县"银五两"
后加刻"以上各止给一两"，而在自己的名字后面加
刻上"足数色"三个字。就是说只有他一人在银子的
数量和成色方面都是给足了的。知府与各位知县官员
只好喝下这杯苦酒。这块大方碑矗立至今，十分完好，
真的是"贪银一时，丢人万世"了。

　　还有一种是自己立碑留笑柄。二〇〇二年河北正
定县修公路时出土一块巨大石碑，只碑座就有一辆小
汽车大。奇怪的是，虽经千年，字迹十分清晰，这显

然是刚立不久便被人为砸碎掩埋的。经考，这是五代时驻军河北的一个小军阀，准备起事夺权登基，事先为自己刻好了一块颂德碑。不想事不机密，漏了消息。仓促间他慌忙毁灭罪证，自己砸碑埋石。但还是没有免祸，被处死了。这成了一块野心未遂者的耻辱碑。

现代人也会干这种蠢事，发生在陕北的就有两件。当年毛泽东转战陕北，留下许多故事。有一个省级干部随便捡了一个毛泽东看戏的小故事，就以"我"的名义立了一块碑，"我很感动"，特立碑以教育后人。有一个县委书记修桥补路，干了不少好事。但每干一事毕，必立一块碑，而且自拟碑文，文中必有自己。这都是丑碑丑闻。

碑在人心，人心如镜，无形之碑，更胜有形。

2017/09/23
--
记于
贵阳

共浪漫

人与草色

诗曰：

远看层层翻细浪，
近看密密似锦绣。
人间有草竟成画，
不辞扑身画中游。

有一个画家说，他盯住一张宣纸，能从纸的纹路里看到山水、人物、车马。一般人做不到，只有画家，他的脑子里有许多的写生稿，一遇宣纸就能擦出灵感的火花。一个雕塑家，雕得一只雄鹰，栩栩如生，众人竞相夸赞，问他怎么雕成的。他说石头里本来就有一只鹰，我只不过是去掉了多余的部分，鹰就飞了出来。看来，美无处不在，就看你能不能发现。

感谢上天在贵阳郊区赐我遇到一小块草原。草名粉黛乱子草，俗称沙漫草，半人高的秆子、柔软的草穗，有点儿像芦苇。正是初秋时节，草色转红，风过处，波涛起，那滚滚的红浪就一直拍打到天边。草原我当然是见过的：内蒙古的草原，青草刚没过脚面，是供羊吃的；新疆的草倒是高一些，但总是随山坡起伏，是专供牧马的。而这一块却不一样，是专门给人看的，打理得干干净净、平平整整，却又不失辽阔。黑格尔说，人与外界有两种关系：一是物质关系，毁灭它从而为人所用，就如草转化为牛羊肉，又为人所食；二是审美关系，不破坏它，只静静地欣赏它的美。今天这草就担负着第二种功能。

我像画家看宣纸一样，仔细地打量着眼前的草，它的纹路，它的光泽、质感，行话叫"肌理"。凡物皆有肌理，小到手上的指纹大到整座山的石痕。这是它的个性标志，也是它第一示人的美感，如虎豹的皮毛、树木的年轮、大理石的纹路。我看过壁立的太行，整面岩石就像一个直立起来的足球场，质硬而色红，

纹理如虎豹奔突、流云闪电；江西有一座龟峰，整面山坡如龟甲之壳，纵横龟裂。我也看过大地的肌理，如著名的龙胜梯田，黄河入海口的红滩湿地，皆天工绘就，线条来去，色块错叠，光影变幻，妙不可言。

而眼前这草场的肌理是什么样子呢？我用手机取景，竖切出一块（如图），再指动放大。就像显微镜下看雪花、木纹一样，你不得不惊艳于它的美丽。挺直的草秆由左下角辐射斜穿升空，光滑、刚挺、笔直，充满了力度。而纷繁的草叶却碎金万点，完全无序地飘荡、聚散。正是这种无序给审美留出了巨大的空间，随着你目光的游走，这碎叶的组合忽如断木的年轮，如行星的轨道，如礼花，如雨点。目到意到，它就是一个可任意变幻的沙盘。而整个画面的调子，近景处草深成褐色而偏热，远景朦胧色黄而偏暖，草秆上又泛出一点冷绿的光，深浅有致，冷暖得当，娴静明丽。

我紧盯着，眼不动而画在动，忽如草船借箭，万箭齐发，忽如天气骤变。一团搅动的气旋，是一幅乱针绣，是一张抽象画、一首朦胧诗，是戴望舒的《雨巷》，是毕加索的《格尔尼卡》。我按下快门，这张图可用作电脑的一个屏保，或打印出来挂在墙上。

但我还不满足，一跃钻进草窝里去打滚。远看，我也是这大地肌理中的一个点。

中国第一座

鞋墙

2017/10/26
——

记于
陕北佳县

陕北佳县赤牛坬，黄土高原上最普通的一个小村庄。为了发展旅游，农民挖掘当地的个性资源，把全村人穿旧、扔掉的鞋收集回来，洗净晒干，在一个十二米深的大窑洞里垒了一堵巨大的鞋墙。凡看到的人无不为之振奋。那鞋都已穿得破帮漏底，成了一张薄片，像书本一样插立挤靠在一起。窑洞的上面正是万里长城经过，全世界都知道长城的伟大，可是有谁知道长城就是中国农民

86

一代又一代赤脚踏着布鞋，在泥里水里修起来的？

城里人现在几乎不穿布鞋了，所以这一面鞋墙就是告别农耕时代的纪念墙。鞋是由鞋帮、鞋底组成的。先要种棉、纺线、织布，用布做鞋帮、鞋底；还要种麻、沤麻、劈麻、绩麻、纳鞋底。现在塑料绳取代了麻绳，种麻的越来越少了，识麻者就更少。麻籽很小、很香，可榨油。麻田里的麻秆密而直，所以常说"密密麻麻"，又有成语"蓬生麻中，不扶自直"，即使柔软的蓬草长在麻田里也自然生得笔直，意即跟着好人学个好。麻秆有一人多高，辛弃疾词："鸡鸭成群晚不收，桑麻长过屋山头。"麻收割后打成捆扔在死水坑里泡，名沤麻。沤过的麻捞出后又黑又脏，冲洗晾干，用手掰断取其皮，名劈麻，类似剥葱皮。这皮就是我们要用的麻了，丝丝缕缕，每条约一米长，极有韧性。用一个两头粗中间细，类似哑铃的木制工具，叫"拨吊子"的将其拧成细麻绳，名"绩麻"。宋人范成大诗："昼出耘田夜绩麻，村庄儿女各当家。"麻绳是由正反两股合成的，符合力学的"预应力"原理，所以结实，不易拉断。剥去皮后的麻秆雪白、笔直、中空、易燃，用火柴一点就着。在还没有电的时代是引火的最好材料，村里老人们吸旱烟，也用它引火，而孩子们则将它剁一截仿老爷爷的烟杆抽着玩。麻秆极脆，一碰就断，所以有谚语"麻秆打狼两头

怕"——狼不识麻秆为何物，害怕；人知手里的家伙不顶用，也怕。

在中国农业史上桑麻的出现比棉花要早，那时富人穿丝绸，穷人穿麻布。棉花在宋元之后才大量种植，所以宋以前的书中只有"麻"字而无"棉"字，唐诗里有"把酒话桑麻"，而没有"把酒话棉花"。

小时最深的记忆是，更深夜静，头枕在母亲的腿上入睡，耳边响着"哧、哧"的纳鞋声。那是一种很原始、单调的劳动。油灯下，小笸箩里备好锥子、粗针、细麻绳，厚厚的鞋底（号称千层底），先用锥子捅一个眼儿，穿针引绳，抽过去用力拉一下，叫"纳"，这个词真是无以替代。农村妇女从姑娘时就学纳鞋底，直到出嫁，再熬成婆婆，一生就在这一针一线中度过。

慈母手中线，游子脚下鞋。我是穿母亲做的布鞋长大的，但是从没有想过纳一双鞋底要多少针。那天看完鞋墙，专门在当地找了一双新布鞋数了一下，一双鞋底要两千五百针。那堵鞋墙共有一万三千双鞋，你想总共要多少针呀。难怪农民想到用一堵鞋墙来纪念他们的劳动，纪念一个将要逝去的时代。

世界上有一些著名的纪念墙，如巴黎公社墙、以色列的哭墙。我在莫斯科看过镶嵌有国家级英雄骨灰盒的克里姆林宫红墙，但是最打动我的还是这一堵默默的鞋墙。当天晚上，我在山村的窑洞里向京城媒体的朋友发去照片，大家都抢着说一定要见报。

## 虫子和它吃过的叶子

2018/02/10

--

记于

海南山中

二〇一八年春节，我在海南岛山区无意中拍到了这张片子。

一片被虫子吃过的海芋叶子静静地躺在路边的小溪里。叶面上是密密的指头肚儿大小的圆孔，我数了一下，共五十多个。我的第一感觉，这虫子不是为了填饱肚子来吃叶子的，倒像是来完成一件工作。海芋是一种生长在亚热带的阔叶植物，叶片肥厚宽大，漫山遍野。虫子爬上叶片就如一个小孩跑进足球场，如果为了果腹它尽可以撒欢儿地胡吃海嚼，何必这样斯文，这样节约，留下一个这样好的吃相呢？

也许这虫子是要把叶片凿成一把漏勺，因为每个孔的大小都一样且分布均匀，材料也利用到了最大值，就像有工程师计算设计过一样，你已不可能再多打一个孔。如果这不是一片软叶而是铁质的，完全可以拿去捞鱼。也许这虫子是在作画，每个孔的直径相等就如用圆规画的一样标准，五十多个孔顺着对生的脉线以人字形延展开去，整个叶片就像一张拿起来就能随手挡在脸上的化装舞会面具，或者是一张毕加索式的画，另有寓意。如果有谁照此复制，就可以直接去参加美展。可惜我无缘见到那只聪明尽职的虫子，它下班走了，只留下这件作品静悄悄地躺在半山坡上，枕清流而沐花香，仰望着白云悠悠来去。

后来我在西双版纳的勐海又见到过一次这虫与叶的杰作，几十年的记者生涯，跑遍四面八方也就只遇见过这两次，可见概率之低。经查书本，这虫子名叫"锚阿波萤叶甲"，为什么是这种吃法，至今科学家仍然给不出合理的解释。材料的最优加工涉及数学、机械学；圆形的最佳分布涉及美学、几何学。这是一只多么博学多才的虫子呀！人类向动物学习，早就有了仿生学。如向蜜蜂学习制六边形的蜂窝板，向海豚、蝙蝠学习发明了雷达，受蝴蝶翅膀结构的启发，解决

了飞机机翼颤抖的问题，等等。也许这只身怀绝技的虫子正指引着我们下一项更伟大的发明。

人各有志，物各有异，个性万岁，贵在出奇。

## 高山韭菜坪

2018/09/26
--
记于
贵州赫章县

诗曰:

曾记童年春园韭,
白花细叶绕指柔。
忽然眼前十万亩,
紫花如海天外秋。

世上很少有人见过基因变异的紫色韭菜花。

贵州赫章县地处乌蒙山区,为传说

中的夜郎古国之地。山上有一块十万余亩的韭菜坪，开一色的紫花。国内鲜有人知。原为牧场，深可没牛羊，二十世纪五十年代时还有老虎出没。现辟为旅游地。韭菜，本为农家常种之蔬，叶细长，开白花，细如麻；但在这里却叶厚秆挺，茂盛如林，竟变种而开紫花。花蕾如网球之大，每蕾含花棒五六十枝，盛开后如礼花炸响夜空，一直烂漫到天际。到九、十月时，秋风送爽，蓝天如洗，花海随山势起伏，连绵百里，游人竟一时不知是在天上还是在人间。

天下何处无花？但高山花海不多；谁人没有见过韭菜花？紫韭菜花很少见，奇怪的是有一条海拔二千五百米的高山分界线。韭生山下花为白，韭生山上花变紫。管山者言，且不说山上山下，山门比花区只低一百米，多次引种，却没有一朵紫花肯下来。

自然与人，寸步不让。

## 遇见一只石老虎

2018/11/02
——

记于
浙江宁波市

诗曰：

谁能为我们找回儿时的天真，
在春天里去抓一只蝴蝶，
唱一曲童年的歌谣。

谁能为我们拂去脸上的倦容，
重回教室读书，操场上打个滚，
再做一次快活的少年人。

路边跳出一束艳丽的花儿，

天上飞过一朵彩色的云。

刹那间惊醒了一个已经远逝的梦。

到宁波去找树，却碰见一只老虎。路边一只石雕的小老虎，正半蹲在地，撑起两条前腿，遥望着远方。一颗大脑袋与肩同宽，一双大眼睛像两个铜环，流畅的线条，简洁的造型。最可爱的是抿嘴一笑，两道唇线一直划过整个脸蛋。左右各三根对称的长须，若隐若现，就算是它身上的虎毛。通体光溜溜，胖墩墩，圆滚滚。连额头上那个标配的王字符也省掉了。这还是老虎吗？是，一看就是，虎头虎脑，一只天真的小老虎。那个无名的匠人抽象出了人的审美与虎的灵魂。这虎已经有了些年份，绿苔爬满了它的腰身。

当我见到这只石虎时，第一冲动就是想上去摸一摸，与它亲近，与它合影。天真像天体中的黑洞，谁能逃脱它的吸引？它是我们生命的原点。人过中年难免都背负了一些痛苦、烦恼与悔恨，突然有一个机会能让你推倒重来，这是多大的惊喜，多么值得庆贺的事情。但在现实中这已不可能。于是艺术家就在虚拟的空间里帮人们实现想要的一切——没问题，心想事成！他随便用什么材料就化出一个美好的意象，一幅画、一首曲子或者一座雕塑。这意象真是无所不能，让你振奋，让你沉思，有时引你大笑，有时惹你伤心……那一年日本的世界著名音乐指挥家小泽征尔到中国访问，主人招待时为之演奏《二泉映月》，他听得泪流满面，说这首曲子只配跪着听。这就是艺术，一个能征服人的黑洞。但现在这个石虎不要那么崇高，不要那么激动，它只与你会心地微笑，卸下你身上所有的沉重，清风明月，尘埃落定，轻轻地一把将你拉回天真。这时你可以什么也不想，不问，无所往，也无无所往。这大概就是佛家的大自在与明心见性、道家的纯自然。但现时并没有哪一家出来说话，只有这只石虎微笑着蹲卧在路边的树下。

　　天真，大概是一切美感中的最纯之美、一切情绪中的最真之情。它是上天所赋，与生俱来，只有在孩子身上才会有短暂的留存。随着岁月的碾压、自然风雨的冲刷，我们会渐渐失去天真，只剩下一脸的倦容、一颗沉重的心。这时艺术就挺身而出帮我们追回天真，并且将它存到云空间里，趁你不注意的时候摆放在某个角落，在邂逅中给你一个惊喜，一个失而复得的回赠。黑格尔在《美学》一书中说："它（艺术）是用慈祥的手替人解除自然的束缚。"指的正是这只路边的小老虎。

# 路边的钉头果

2018/11/08
--

记于
云南宾川县

　　二○一八年十一月七日，我在云南宾川县的一家路边小饭馆吃饭。门口一小树，枝很细，叶片如柳眉低垂。上面结着十几颗泡状圆球，乳黄色，半透明，如网球大小。球面布满发丝粗细的小钉，因此就名"钉头果"。这是我从未见过的植物，不知该称它是花还是树，也不知这些个泡泡是花还是果。问主人，他原是一印尼归国华侨，说此木原产赤道一带。门前种此，是借物

之奇，为饭馆招揽客人。果然，食客多"见果下马"，落座就餐。我出于好奇，便摘了一两个干果带回北京。又顺寄新疆朋友，托其育种，第二年出苗，装盆，托人经西安缓存半月，我去开会时带回北京。至此其已遍历大半个中国，经多种气候、海拔之催变、考验。如此大空间的调度，真类太空飞船育种实验了。苗在阳台上生长，五月初正当我生日那天开花，可见有缘。花白色，分泌液滴，甜如蜜。秋天枝头果然结有小灯球，晃动照人。现已移到室外，郑重赠送给园林队。这大概是该品种引进北京之第一例，"独在异乡为异客"。我突然想起苏东坡叹柳絮的"花非花"，著打油词一首。

词曰：

是花还是非花，也无人去管它。
秋阳高照，风过处，轻摆枝丫。
举灯泡无数，轻如气球，圆似乒乓。
又薄如蝉翼，嵌百千细钉，密如麻。
问主人，原是为作一个招客的酒帘挂。

你看它垂手路旁，
引客回眸，闻香下马。

那果儿，如灯盏引路，亮晶晶。

那叶儿，如柳眉低垂，羞答答。

不声不张，自是惹停了多少车马。

宾川在滇西北，属大理州管辖，知道者不多。但它地处金沙江干热河谷地带，境内海拔有上下三千米的落差，立体气候最适合生物多样化，从黑龙江到海南岛，从温带到热带，所有植物在它这里都能安家。回京后，我因这钉头果一缘，顺势写了一篇《花果飘香的宾川》发在《人民日报》上，未想被好事者看中，入选了二〇一九年的全国高考地理试题，无意中为本县作了一个免费广告。县里大喜，专门发文宣示全国，凡本年考生，一律可免费来宾川一游。

徐霞客
在这棵树下
说再见

诗曰:

霞落青山晚照明,
客居人间归欲行。
掷笔幽谷我去也,
文章万卷留后人。

徐霞客是伟大的旅行家,他一生足迹遍及现在全国的二十一个省份,经三十年撰成六十万字的《徐霞客游

记》。那么，他的最后一篇游记写于何处？这个问题很少有人注意。二〇一八年十一月八日，我到云南宾川县的鸡足山寻访古树，偶揭谜底。

徐霞客于明崇祯十一年（一六三八年）十二月二十二日来到鸡足山，住了三十天，每天写一篇游记。后应丽江土司之邀下山，第二年八月又返回山上，日记续写到九月十四日，是为《徐霞客游记》的最后一篇。两次共考察记录了二十五寺、十九庵、二十七静室、六阁和两庙及山上的各处风景。在这里他站在鸡足山顶，还有了一个伟大发现，纠正了《禹贡》关于长江源头的错误，指出金沙江才是长江的源头。

一日他忽生足疾不能行走，丽江土司就派来了八个壮汉，用竹椅将他抬下山去送到湖北的江边，后来，他坐船回到江阴老家，不久便去世了，享年五十四岁。

徐霞客在山上借宿于悉檀寺，这是座寺院金碧辉煌，为全山之最。寺前一棵古杉挺身独立直向蔚蓝的天空。他下山时扶椅来到路口，伸手摸一摸伟岸的树身，又来到涧边默默地注视湍流的飞瀑。平时他最喜在这里观瀑，日记中曾写道："坠崖悬练，深百余丈""绝顶浮岚，中悬九天"。这时晚霞烧红了整个山谷，正当冬日，叶落满山，倦鸟归林。他知道，这次不是短暂的回乡休憩，而是客居人间，要大辞而去了，便从怀中掏出一支已磨得微秃的毛笔，挥手掷向

2022 年 3 月 14 日，"徐霞客驻足掷笔处"纪念碑落成剪彩

幽谷的水雾之中。他伫望良久，想听一听生命的回声。那支笔飘摇徐下，化作了一株空谷幽兰，依在悬崖之畔，数百年来一直静静地绽放着异香。人们把它叫作《徐霞客游记》。

悉檀寺惜毁于"文革"之中。当时先后有一千三百名红卫兵上山，将八十四名僧尼全赶下山去，文物被洗劫一空，仅卖掉的废铜就有五万多公斤。我上山时寺院已是一片废墟，连一片完整的瓦都找不到了。幸好建寺时栽的一棵杉树还卓然而立，三百余年来一直静静地守望在这里像等待什么。张若虚《春江花月夜》说："江月年年望相似，不知江月待何人？"古杉年年望穿眼，终于望到我这一个找树的人。缘分是什么，就是圆圈套圆圈，总会套住一个人。我今由树及山，由山及人，上溯近四百年，环环相套竟能与徐霞客相逢，还真有缘分。"徐霞客小道"正在申报世界非物质文化遗产，我想应于树下刻一石："徐霞客驻足掷笔处"。他一生旅行的句号正是画在这里。又可在古寺废墟上建一座徐霞客博物馆。我们是一个历史悠久的国家，但博物馆却少得可怜。瑞士人口不到九百万，就有一千一百座博物馆，而我国到二〇一八年底才五千一百三十六座。

用各种借口留住历史，是今人对后人的承诺。

2018/11/20
--
记于
江西余干县

　　上午到江西余干县甘泉村座谈。这个村以产柿子闻名。大家围桌而坐，主人以柿子待客，端上一大盘，黄润如玉，绵软诱人。

　　柿子在北方也是有的，唯其有一大不好，不熟时发涩，熟透时又易落地成泥。因此，常乘硬而摘，便于运输。但吃时如何变软去涩又是个难题。在北方我的家乡，小时候常用的方法是用温水泡，倒是不涩了，但还硬，成了脆柿

111

子，另一种口味。笨办法是放在窗台上静静地等，让时间说话，不怕它不软。记得小时候走亲戚，大人从窑洞天窗上取下束之高阁、存之很久的柿子，其味之美，永生难忘。但这个办法只能自食，不便买卖。

江西余干的办法是，于未软之时将柿子摘下，取长短大小如火柴梗的一段细芝麻秆，于柿蒂旁插入，静置一两天，柿子就自然成熟变软，如现在桌上的这个样子。我听后大奇，仔细端详，果然有一插入之痕。坐在一旁的乡长说，我们小时候的一大农活，就是于柿熟季节，帮大人用芝麻秆插柿子。插时柿子还硬邦邦，只能干活不能偷吃。等到大人赶集回来，抢吃筐底剩的软柿子，那是最高兴的时刻。

一物降一物，万事皆有理。看来芝麻秆与柿子之间肯定有一种什么化学反应。阿拉伯故事中有芝麻开门，这柿子催熟的难题果然是靠芝麻来解开的。

# 辛弃疾的一瓢泉水流过千年

2019/01/17
--

记于
江西铅山县

　　江西上饶市铅山县有个稼轩乡，就是南宋词人辛弃疾（号稼轩）的那个"稼轩"。辛弃疾当初起这个号，就是准备到农村去种地的。他"尝谓人生在勤，当以力田为先"。但是生于乱世，他先以救国为重，拼搏了半生后，不受朝廷重用，他带着满腹的郁闷、惆怅，到铅山来过农家日子。他喝酒、交友、访山林。一日访得一处泉水，不大（还没有半个网球场大），形如一个水瓢，就给它取名"瓢泉"。

他在这瓢泉边一徘徊蹉跎就是十多年，真是岁月磨尽英雄老，一个把栏杆拍遍的壮士，就这样终老山林。他一生有词作六百多首，而"瓢泉之作"竟占了两百二十五首。其中有一首《洞仙歌》，以无比欣喜之情记叙了这处泉的发现：

> 飞流万壑，共千岩争秀。孤负平生弄泉手。叹轻衫短帽，几许红尘。还自喜，濯发沧浪依旧。
>
> 人生行乐耳，身后虚名，何似生前一杯酒。便此地、结吾庐。待学渊明，更手种、门前五柳。且归去，父老约重来，问如此青山，定重来否？

瓢泉的发现还真成了辛弃疾人生的一个转折点。两年后的一一九三年，他从福建任上再次被撤职，就干脆在泉边起房架屋，把家搬到这里，从此再没有离开过。

那天我去采访时，乡党委书记自豪地说这里是中国第一词乡。我说历史上词人的家乡多矣，何见得你就是第一？他说有四条理由，没有人敢比。一、乡政府以词人之名命名；二、在本乡八十平方公里范围内

竟留下辛词两百多首，占词人全作的三分之一；三、我们继承这份遗产的力度最大。

我说，前两条是硬件，全国确实没有第二家可比，唯这第三条值得商榷。书记不急，领我看他的乡政府办公小院，从院墙再到一楼、二楼、三楼，粉壁墙上浓墨淡彩，不是辛词便是辛词的画意。等到落座，他竟将辛南渡后的每一个节点、每一首词的创作时间讲得清清楚楚，当说到某首词时就背得滚瓜烂熟，真让我们这些自诩为文人的人汗颜。我说你是个"真辛粉"。他说，在稼轩乡随便摸个人头都是辛粉。今年春节，乡机关并家属举办本乡的春晚，有一节目是比赛背辛词。一口气背三首者小奖，十首者中奖，一百首者大奖。大奖的奖品是笔记本电脑。还真有人抱走了电脑。

我说，还有第四条呢？

他领我穿村走巷，穿过一片辛词的海洋，来到村外的"瓢泉"旁。他说第四条就是这"瓢泉"，是硬件里的硬件。一个词人在近千年前发现、流连、吟咏、居住过的一处泉水，能不断线地一直流淌到今天，默默地滋润以他名字命名的稼轩乡。这确是一个奇迹，一个全国的唯一。

大家还记得我们在中学课本里学过柳宗元的《小石潭记》吧，那年我专门去寻访，那个小石潭早已无踪无影。小时我故乡的村庄里有十几处泉水，前些年回去时，一泉不存，地干裂得耕地能陷进牛腿。

水这个东西，受地质、气候、战争、开矿等因素的影响，是最不稳定的。连黄河都曾有过改道和断流。难得这一瓢之泉，竟如稼轩词一样叮叮淙淙、不紧不慢地流过了千年。瓢泉，是在一整块石头上泛出的一处小水，积为一汪，清澈见底。当年朝廷不听他这个主战派的建议，对之屡召屡弃，他心酸无比，自嘲姓氏："艰辛做就，悲辛滋味，总是辛酸辛苦。更十分，向人辛辣，椒桂捣残堪吐。世间应有，芳甘浓美，不到吾家门户。"既然好事不到吾家门户，那就把吾家搬到这个好风景处。这一瓢秀丽的小泉给了词人莫大的慰藉。朝中的事管不了，他在这里"管竹管山管水""宜醉宜游宜睡""记得瓢泉快活时，长年耽酒更吟诗"。

　　这里本来游人就少，泉边小树上挂了一个水瓢，是专门给辛词的知音准备的，好隔时空遥对，同饮一泉水。我摘瓢在手，躬身舀水，举瓢齐眉如举杯，天光云影，与辛公，醉一回！饮罢，击瓢而歌曰：

　　　　君在泉之头，
　　　　我在泉之尾。
　　　　泉水淙淙流千年，
　　　　郁孤台下清江水。

　　　　君弃宦海去，
　　　　来寻甘泉美。
　　　　管山管竹又管水，
　　　　山水看你也妩媚。

　　　　君词书墙头，
　　　　君词写巷尾。
　　　　稻花香里说丰年，
　　　　蛙声十里声也脆。
　　　　舀一瓢水，举杯齐眉，
　　　　今日与君醉一回。

# 烟草花为什么这样美

2019/09/01
——
记于
贵州乌蒙山

在乌蒙山深处的石门坎，我无意中遇到了一块烟草田。

有一株怒放的烟草花，不知为什么离开了烟草田长在最外边的田埂上，正对着群山的谷口亭亭玉立。我从来没有见过秋天里还会有这么美丽的花朵，齐肩高的烟秆子支出层层的烟叶，厚实的叶子又捧着铃铛似的花朵。而这花呢？像一个个的小喇叭，乳白色的喇叭嘴伸展开来，翻卷出一圈水红色的外沿，一个一个鹊飞燕舞挤满枝头。染尽深绿雪白和浅红，也道不尽它的款款姿色。这烟草花迎着山风，轻摆裙裾像在歌唱什么。

据《中国吸烟危害健康报告2020》，全国十四亿人口有三亿多人吸烟。但是见过田里烟苗的人可能不足十分之一，见过烟草花绽放的又不足十分之一。我小时生长在农村，见过种烟苗、炒制旱烟、粉碎烟苗秆子制杀虫剂。但印象中只有肥厚、硕大、油绿的烟叶，怎么就一点儿也不记得它开花的样子？《列子》上有一个故事，齐国有一人爱金，见市上有人卖金子，拿了一块就走。被抓后别人问他："旁边就站着人，你怎么敢拿？"他说："我只见金子，不见人。"可见人性趋利，视野里有多少盲区。烟草，本来就是让人抽烟过瘾的，谁还管它开什么花？

但今天的这株烟草花着实打动了我。这是在贵州海拔最高的威宁县，在大西南的乌蒙山深处，从这个山口望出去群山连绵，河川萦带，烟村竹树，梯田如画，山下渺渺百万人家。此时的烟草花在想什么呢？也许正骄傲将万里河山踩在脚下，迎着八面来风检阅着天边的人流车马，或者想到自己终会变成一缕青烟，任人吸食，就拼将这生命之花晕染成一朵晚霞。其实，它什么也没有想，只是静静地伫立在这里。有一首很流行的歌曲《掌声响起来》："好像初次的舞台，听

到第一声喝彩，我的眼泪忍不住掉下来。"你看，人是多么的可怜，名障目、利惑心，给一点掌声、一声喝彩就能被哄得流泪；而这株野花呢，不因无掌声而自卑，也不因无喝彩而神伤，它永远是这样玉树临风，淡淡地微笑。

我不觉想起了陆游的《卜算子·咏梅》："驿外断桥边，寂寞开无主。已是黄昏独自愁，更着风和雨。无意苦争春，一任群芳妒。零落成泥碾作尘，只有香如故。"其实梅本无愁人自愁，替草木忧心是多余。自然界万物有主，承天之光，接地之露，不卑不亢，无所谓荣辱。请听这花儿的歌唱吧：

我立群山上，花开我作主。欲化轻烟消人愁，散入风和雨。秋花艳似春，不须春芳妒。愿随绿叶碾作尘，休问因何故。

# 不如静对
## 一院秋

2019/11/11
--

记于
北京

诗曰:

> 人欲微醺半杯酒,
> 天地要醉一夜秋。
> 层林尽染五花马,
> 红叶披挂百丈楼。

我从不醉酒,却年年为秋色所醉。进入十一月,院子里的树木花草绚烂迷离,早让人醉得一塌糊涂。

那天在楼下散步，本来是艳艳蓝天，静静的小区忽起了一阵秋风，所有的树木便发疯地摇摆，比赛着抖落身上的叶子，于是红的、黄的、绿的、橙色的、绛色的，枫树、银杏、柿树、梧桐等树叶瞬间就搅成一场五彩的雪，从天而降。正在散步和晒太阳的人一时都被惊呆了。等到回过神来，正要拍照时，天地又恢复了平静，只是地上多了一块厚厚的地毯，镶嵌着数不清的色块、线条，还散发着落叶的清香。人们一时晕了神，都不忍心去踩。秋天就是这样突然降临的吗？如忽饮美酒，让人心醉。

红色是喜庆之色。人有喜事喝了酒，脸色发红，会有一种按捺不住的激动。现在的院子里正是这种气氛。柿子树的叶片本就厚实，这时红得像浸过红颜料的布头，露出一脸的憨厚。枫树，正庆幸它们一年中最露脸的时刻，不管是元宝枫还是鸡爪枫都尽力伸展开它们的叶片，鲜红欲滴，如少女的口红。而我们平时最不注意的爬山虎，学名叫地锦的，本是怯怯地匍匐在墙角、墙头，用它的墨绿去勾线填缝，这时却喷出耀眼的红光，一时墙头舞着蜿蜒的红飘带，墙角像是谁刚泼了一桶红油漆，而整面山墙，则像一面鲜艳的红旗，火辣辣地呼喊着大地的浪漫。

我们常说秋天是金色的季节。这院子里虽不像丰收的田野有玉米、南瓜的金黄，却也给金色留下了足

够的舞台。阴差阳错，当初设计者在院子的中轴大道旁全部栽上了银杏。它们树干冲天，枝条上互生着一簇簇嫩叶，五叶一簇，叶开如扇。春夏时绿风荡漾还不觉有奇，而这时清一色地转黄，岸立路旁，就成了两堵"黄金海岸"。人们走在路上，脚踏软软的金丝地毯，遥望两条黄线射向蓝天，如醉如痴。本来工人还是每天照样清扫落叶，后来居民强烈呼吁停扫一周，好留住这些金黄！现在，连环卫工人也吃惊地抱着扫帚，坐在路边的长椅上，享受着上天恩赐的这一年一次的黄金假期。仿佛大家都到了另一个世界。

当然还有不变的绿，那是松柏、翠竹，和没来得及落叶的杨柳和地上绿油油的草坪。它们都做了秋的深色背景。当然，也有许多中间的过渡，马褂木因为硕大的叶片特别像古人穿的马褂而得名，这时呈现出深褐色，而白蜡树则刚刚染上一点儿淡黄。地上的落叶，因时间的先后就分出水分的干湿和颜色的浓淡。墙是一色的青灰，偶有一串红叶孤挂墙上，就像暗夜里的灯笼；或有一片鲜红的新叶被风吹落到枯叶堆上，就像正要去点燃它的火苗。阳光从还没有落的绿叶上反射着粼粼的光，秋风还是突然地来去，将这一团色彩搅动、扬起又落下。这时我就痴痴地坐在长椅上，透过飞舞的彩叶去感受胜似春光的秋色。难得，天地换装一瞬间，五颜六色齐抖擞。看尽南北四时花，不如静对一院秋。

## 谁家窗前玉兰花

2020/03/20
--
记于
北京

诗曰：

> 谁家窗前花叠花，
> 玉兰海棠半遮楹。
> 花影不知主人去，
> 轻拍纱窗欲问话。

花与人是一对组合。如旷野无人，花自开落给谁看？若房前无花，屋中人又多么寂寞？正是：有花无人不精神，

127

有人无花俗了人。

　　大院里的玉兰与海棠同在三月里抢着开花，而当初的设计者不知为什么又把它们一起种在人家的窗户下，于是就形成了层花拥窗、花影幢幢的奇景。花开时就有人来走马灯似的观看、拍照，好不热闹。无奈，家主人只好静静地挂帘避客，那窗帘散发着一丝"低头的温柔"。

花给人的美感是轻柔浪漫，花影朦胧。宋词人张先以写花影著称，号张三影，有名句："云破月来花弄影"；诗人卞之琳也有一名句，算是朦胧诗的开山之作："明月装饰了你的窗子，你装饰了别人的梦。"而现在，"鲜花装饰了你的窗子，你的窗子连同鲜花都被装入别人的相机"。朦胧中多了一分幽默。

玉兰有多种，三月初次第开花，可持续到四月初。花有六瓣、九瓣、十三瓣各型；色有纯白、绛紫、嫩粉，而以纯黄色最为稀有，也是最后开花，压轴。其实，院子里的花有玉兰也有辛夷花，一般人根本分不清，都称作玉兰。两花极相似，同属木兰科，一个为木兰属，一个为玉兰亚属。在观花人看来，只要一样美丽，也不必去管它。

# 早春的
## 紫荆花

2020/04/10
——
记于
北京

诗曰：

　　　　冬尽春来寒未消，
　　　　芽不敢发叶不俏。
　　　　唯有紫荆鼓花蕾，
　　　　拍马出阵展红袍。

　　北方的春天，大部分植物是先发芽、长叶再开花。但也有不按常规出牌的，如腊梅、迎春、玉兰、碧桃都属此类。但它们总算还为大自然留点面子，仍在枝叶的腋处、柔条上开花，只不过是比绿叶抢先了一拍。而最性急又最不讲理的莫过于紫荆了，它竟在人毫不觉察时，突然从干硬的主干上暴出一团大红大紫的花蕾。与其说是花蕾，毋宁说是手里举着的一颗红色手雷，空气都快要凝固了。瞬间，魔力喷发，这一堆干树枝

就成了一丛耀眼的紫花棒子，一起向蓝天扫去，好像天地间，除了蓝色就剩下一个紫。但直到这时，它还是不容树干上有一丝的绿。要的就是这种霸气。

审美，这个东西很有意思。琳琅满目，五彩斑斓，当然是一种美。但单纯与大反差也是一种美。就像一场大型交响乐或一个大合唱正在进行时突然休止，留给一支小号或一个女高音，让这声音在自由的空间单独飞翔。这时，你在暖暖的阳光下，在黄和灰为主的大背景下，看着这唯一的紫荆花，就觉得它美得让你别无选择。这个世界，菩提本无树，叶芽生何处？

# 六味斋记

2020/04/21
——
记于
山西太原市

太原六味斋为二百八十余年之老店。其所制酱肘，辛苦至极。先将整骨掏出，再填以碎肉，复其形，调其味，精蒸煮，是为绝活。幼时随父上街，偶尝一丝，至今不忘。

六十多年后余重回太原，再访六味斋，当年小店已焕然而成三百亩之现代食品工厂，并成旅游景点。排排车间坐落于花园之中，阵阵暗香飘散在游人前后。我问："你们用的什么香料？"

答曰："并非香料，多为姜、桂、茴、椒等辛辣之材。"原来一切生肉皆带腥、膻、秽、腻之气，欲求其香，先去其秽，故唯辛是用。

公司董事长阎继红本一扫地打杂之女工，自荐操刀挥斧，掌案劈肉，虎威而不亚男子。原企业受旧体制之束缚，连年亏损，渐成颓败之势。改革大潮起，阎奋然为首，率领团队及职工，披荆斩棘，成就今日之大业。其间多少辛酸、辛劳、辛苦、辛勤，难以言尽。可知，欲成一事，唯辛是用。

人间有五味，酸甜苦辣咸都不足以言香，唯加一辛字，托百味而冲天香阵漫太原。是所以为六味斋。

## 秋色醉，旅人不须归

2020/12/23

——

记于
江西婺源县

诗曰：

晨起出门行，
红叶铺满路。
为怕扰秋色，
不敢落脚步。

二〇一六年十二月的一天早晨，我刚走出婺源县宾馆的大门，眼前一亮，脚下出现一块厚厚的花地毯。昨夜雨疏

风骤，吹落枫叶无数，红叶镶嵌在深绿的草地上，成就了一幅天然画图，惊得我一时都不敢落脚。好像上帝还在静静地创作，我不愿打扰他的沉思。

这画是工笔与写意的结合。每一片叶的叶柄、纹路，每一棵草的长势都清晰可见；但布局粗犷，随意书写，甚至是狂草笔法。你就看那长长的绿草线条，任意甩动，如乱针刺绣，如藤条编织，有野性的张力；而红叶轻飘漫撒，于有意无意之间。相反相成，相映成美。虽是天然之景却又有强烈的人工装饰感。颜色主用大红大绿，而以明黄搭桥过渡，再经露水浸润，分外鲜艳。我常喜欢在墙头、草地上拍一些这种自然天成的图案，你随便拿去就可设计成一幅挂毯，或者一张招贴画，几乎不用再改动一笔。我曾想把这张片子复制一幅画，屡试不成，身边根本就找不到这些颜色。此物本从天上落，人间哪得几回有？

这张照片摄于二〇一六年十二月，我一直存在手机里，带在身边，出差、坐飞机、等车时，就掏出来看看。不为别的，就是因为它的美。说到这里，我想起齐白石的一件逸事，他已是耄耋之年时，名演员新凤霞去拜他学画。从新一进门，他就目不转睛地看着人家，家人说，你把人家都看得害羞了。齐说："她就是好看嘛！还不让人看？"可见，爱美不商量。但自然美景有个好处，再怎么看，它也不会害羞的。

秋天之所以好看，是因为大自然整整沉淀了一年的色彩和情感。《西厢记》里说："晓来谁染霜林醉，总是离人泪。"今日，晓来谁将酒瓶碎。洒路边，花草醉，牵人衣袖，旅人不须归。

2021/04/30
--
记于
江西婺源县

# 苔藓之美

　　苔藓恐怕是植物中最小最古老的品种之一。它是与恐龙同时期的物种，全球分布有二万三千种，中国有三千一百种，约占百分之十三。它的家族这样庞大，个体却十分渺小。它没有真正的根，没有花和籽，只有茎与叶，真是简洁到了极点，肉眼看去只是一点绿痕。但是，这么卑微的植物却在干着一件伟大的事情。它不肯在明媚的阳光下落脚，把这里让给那些更需要热量的家族；它不肯在人多的地方露脸，把这里让给那些更需要人喝彩的花朵。它专找阴暗、湿冷、老旧的角落，用自己微小的身躯为那些被冷落抛弃了的旧物，织成一件细密鲜亮的绿衣，轻轻地裹在它们的身上，让它们不失尊严地屹立，安详地享受云起日落。它像一个发过大愿的苦行僧，专门引渡苦海中的人。

我第一次感觉到苔藓的存在，是在一片原始林子中穿行时。当林子足够大、足够幽深时，最刺激你的并不是那些高大的乔木，而是林中一条条绿色的光带，那是苔藓包装过的朽木或者挂于树间的古藤。微风拂动，树缝中的阳光照得它扑朔迷离，就像是夜空下的露天音乐会上，歌迷们手中的荧光棒划破黑暗，伴着

歌声。如果赶巧，苔藓裹着了一块有棱有角的石头，那就算你运气好，碰到了一块绿色的宝石。幽暗、孤寂的林子顿然有了生气。于是，我就肃然起敬，这才是真正地为他人作嫁衣。

其实苔藓之美更在于它对人心灵的抚慰。你看，愈是人迹罕至的地方或门可罗雀的时候就愈显出它的存在。它永在无声地分担着你的寂寞，陪伴着你的孤独，而且总能将这份寂寞转化为一种恬静，将孤独转化为一种自信。古诗文中的苔藓无不是一种静好的风景。最著名的如王维的"返景入深林，复照青苔上"，如刘禹锡的"苔痕上阶绿，草色入帘青"。纵然是隐居、流亡的岁月里也能找到一份快乐。而现在的旅人去寻访古镇、老宅，也会去留意那墙角的苔藓和旧瓦上的绿痕。说是无情却有情，情到深处只几痕。

苔藓虽小，却有极强的生命力。前几年有英国学者在南极的永久冻土中发现一千五百多年前的苔藓的踪迹，施以适当的温度它又死而复生。苔藓虽微，却也有它特殊的价值。小时家乡老屋的瓦缝里长一种藓草，土话名"瓦舍"，专治女人们易犯的"鼻衄"（鼻子流血），而我在黑龙江原始森林中见到的一种藓草，则专治男人们最怕的前列腺病。生活在高寒地带的驯鹿无青草可食，不要怕，专有苔藓来养活驯鹿，而驯鹿又养活了这里的土著。这苔藓就是人类一个最忠实的仆人，它平时不上台面，垂手立于墙脚，一旦有事就立马现身来到面前。

我几乎是不写新诗的，也忍不住要为它涂抹几行：


致苔藓


当枯木已朽，
当砖瓦已旧，
古道上已经无人行走，
老房子里也再无人厮守。
这时有一个精灵，轻轻地走来，

它抚摸着过去的时光，
给每一件旧物盖上一层温柔。
它让万物有平等的尊严，
它拥抱每一块冰冷的石头。
它用绿色填满所有的沟壑，
它将寂寞酿成一壶老酒。
它让时光无声地轮回，
它将死亡转化为生命的永久。

# 老墙

夜宿婺源

雾绕竹林晨鸟啼，
夜卧溪头小桥西。
古屋老床南柯梦，
恨不倒回百年时。

在婺源农村小住几天，每天出出进进，这墙就是一页读不完的书、一幅看不完的画。

　　当初，一个泥瓦匠完成一座新房或一堵新墙时，断没有想到他却为大自然提供了一张作画的温床。岁月之笔先用细雨在墙上一遍一遍地刷洗，再用湿雾一层一层地洇染，白墙上就显出纵横交错的线条和大大小小的斑点。论层次，这里有美术课上讲的黑、白、灰的过渡；论形状，则云海波涛、春风杨柳、山石嶙峋，胜过一本《芥子园画谱》。但大自然并不满足于平面的艺术。风雨如刀，岁月如锥，白墙就这样被铲去一块皮，那里被刻出一道沟，有时还被随意抽去一块砖，甚至推倒半堵墙。然后再借来四面八方的种子，乘着风和雨，漫天摇落在墙头。

　　村里古祠堂有一面大墙，上面爬满了积年生的薜荔果，这真是一面可看、可吃、可用的墙。我借手机上的软件，一个一个地认识墙上花草。有名"窃衣"的，开着白色的小花，籽带绒毛，总能偷偷黏在衣服上跟你回家，落户墙角；有名"猪殃殃"的，人可食、可药，活血止痛，但猪一吃就要遭殃；有接骨草，可接骨，凡猪狗鸡鸭腿折骨断，捣烂敷之即好；有一种野草莓，酸酸甜甜，名"蓬蘽"，唐人贾岛的诗里居然写到它："别后解餐蓬蘽子，向前未识牡丹花。"还有更怪的名字"阿拉伯婆婆纳"，是从阿拉伯传来的物种。但民间不这么说，说是一个叫阿拉的老伯，躺在草地上想老婆，见小草玲珑可爱就取名"婆婆纳"，文化这个东西无时无地不在兼容变异。

村西有一堵老墙，曾是一座三层楼的民居，已三面坍塌，唯留下一个楼的直角兀立在窄巷之上。直角往南的一面墙还比较完整，而靠北的那段已经塌得只剩下一条棱线，清晰地露出墙的筋骨结构。只见碎砖破瓦如瀑布一样倾泻下来，犬牙交错的砖块间露出当年填充的红土，像大战后一个受伤的壮士正拄着枪托站立在战壕旁。唯有那个高高的楼角还十分完整，在蓝天的背景下画出一个标准的直角图形，几根废弃的电线掠过他的额头，头顶上白云来去，一只孤雁在天际盘旋，风在轻轻地打着口哨。这时晚霞烧红了天边，风雨楼台，残阳如血。我一时惊呆了，如果要给眼前的这幅画起个名字，就叫《岁月》。我知道严田这个村子是有来头的，历史上一村就出了二十七个进士。而今还处处显示着她曾经是个"大户人家"，你看脚下的石板路与河边的洗衣石，一低头就是一块废弃的古碑。

有谁能解这老墙里的密码？又有谁能读懂这幅风雨斑斑，却又四季常青变幻无穷的山水画？

# 这里有一座歪房子

2021/05/06

--

记于
江西婺源县

我们只见过年久失修而歪斜的老房子，哪有人专门去建一座倾斜欲倒的新房子呢？但还真有这样一件怪事。婺源严田村就出了一座精心设计，结构复杂，外斜内平的徽式新房。

婺源向以山清水秀的风景和白墙黛瓦的民居闻名。近年来除了不少走马观花的游客，还有一批艺术家、作家、学者长期留住，将整个身心融入山水田园。同时他们又按照自己的理念解读生活。

文化从来都是在传统与变异中前行。于是这座歪房子就成了老树上的一朵新花，忽放奇彩，蜚声四野。而每当一个有内涵的意象出现，总会有无穷的解读，斯为艺术。

世界万物没有一个绝对的平衡，只是在倾斜与校正中来回摆动。这座歪房子不过是将这种意识具象化，让人可看、可摸、可住、可思，去理解人生。其实，以"斜"警世古已有之。中国古代有一种"欹器"——在一根横木上挂一陶罐，当空着时罐身半斜；加水一半，罐身正；加满水，罐子立刻倾翻。孔子见而感叹道："吁，恶有满而不覆者哉！"这是让人警惕不要自满。此器名"宥坐之器"，宥同右，意即座右铭，是在以斜警正。著名的国宝山西永乐宫壁画里有众多人物故事，但是没忘了画一个细节。一个童子，正在用一块木片去垫支一个桌腿。别小看这块斜木片，明末清初学者李渔的《闲情偶寄》里有详细记录。宋代学者刘子翚，朱熹的老师，曾有一首咏物诗专说它："匠余留片木，楷案定欹倾。不是乖绳墨，人间地少平。"这也是以斜示正。清代诗人龚自珍有一名篇《病梅馆记》，他说梅花本来长得好好的，有人偏要用绳子把它绑得东扭西歪，以曲为美，这是病态。他同情被扭曲之梅，就买了三百盆全部松绑，并且发豪言要将天下病梅全部解放。这也是以斜说正。佛说一物一世界，看来无论一个小木片、一个小陶罐、一枝梅都含有辩证法，都可借物警世。以上所举三件都是可在手中把玩之小物件，而现忽有庞然如一所房子者矗立眼前，人可仰其貌，绕其外，入其内，感觉又当如何？这正是现代艺术与传统之所别吧。

遂有感而作《歪房子铭》：

人居地球而不知头朝下行走；居平常之屋而不知反常之事，正所谓习以为常，歪以为正，非以为是。

　　居都市者，吸汽车尾气而不觉；吃农药残留之粮菜而不觉；夜不见星光之灿烂而不觉；日不闻鸟语之欢鸣而不觉；身处喧闹纷扰之市而不觉；心陷案牍之劳、商利之争、官场之累而不觉。疲于奔命，忙如蜂蚁，自以为得意。

　　有某君一日行至婺源严田古村，见山青水绿，天朗气清，惊为桃源。随造屋数间以引知音，又筑歪房一座以警人心。房外观之，为将倾欲倒之状，入内则敞亮平稳，目眺远山天际绿，耳听鸣泉心上流。坐饮清茶一杯，顿悟今是而昨非，尽洗半生红尘。

　　古人云，以铜为镜可正衣冠，以人为镜可明得失。今以房为镜，可明居世之道。陡然一倾，震悟人生。

2021/06/28
——
记于
山西太原市

# 短命的王朝

# 与

# 长寿的松树

在中国历史上，北齐这个小王朝存在于公元五五〇年到五七七年，只有二十八年，却经历了六个皇帝，平均每人在位时间不到五年，可算是最短命的王朝之一了。北齐存在于南北朝乱世，以致很多人都不知道它，或者曾经知道，却如过眼云烟，早已将它忘记。

我之所以记得这个小王朝是因为山上的一棵树，一棵老松树。树在太原西南三十多公里的天龙山上，而北齐的都

城就是山下的古太原城。四十年前我就上山看过这棵树。那时羊肠小道，怪石嶙峋，要步行上山。最近又去了一次，公路直达山顶，而且是就地垂直架桥，盘旋升高，如大商务楼立体车库的旋梯，矗立于蓝天白云之下绿树巉岩之上，十分壮观，树并桥已成网红景点，每年吸引来无数游客。

松名蟠龙松，长在半山腰的一块平地上。一般的树都是向上生长，成立体树冠。而这棵树长到两米高时却戛然而止，枝叶横向平展，像摊大饼一样，一圈一圈地摊开去，终于摊成一个三百平方米的大锅盖，

又像一把大雨伞，这样的奇景真是天下独有，举世无双，亦是一个未解之谜。植物天性，探阳光，向上长，年深久远者高可参天。而这树却不向天，只向边，像一首歌里唱的北京城区的环路：啊，五环，你比四环多一环……四十年前我上山时它已是一把大绿伞，现在越发枝繁叶茂，更成了一座绿色的大宫殿。

我走到树下，仔细观察这座宫殿的结构。它只有一根柱子，就是树的主干，有两抱之粗，钻出土石后长到两米高处就驻足不前，然后横向游走。如果只向一个方向也好理解，如黄山迎客松之类。奇怪的是，这横枝长着长着忽然折返、拐弯、扭曲，左右迂回，东奔西突，如龙盘蟒曲，上下翻腾，有的竟一百八十度大掉头，而整个树盖（不是树冠）绞如结绳，纷乱如麻，虬枝穿针，针叶引线，在空中编席织毯，起梁架屋。为防坍塌，每隔几步就人工支有一立柱。这树倒也配合，不紧不慢，爬过一柱又一柱，年年月月地搭盖不止，据说每年可向外延伸半米。中国古代建筑有一种无梁殿，这座绿色大殿可称"一柱殿"。

盛世生翠柏，乱世有怪松。植物如人，遇有罡煞之气，乌云压城，也会内郁于心，外抗于形。这树所处的北齐就是一个变态的政权。当时北方五胡乱华，是以游牧民族为首的野蛮统治，文化大倒退。到鲜卑族拓跋氏掌权时，好不容易出了一个明白人魏孝文帝，力倡改革，禁胡服、学汉语、迁都洛阳，向先进的汉文化看齐，终于兴盛了几年。不想后期分裂为东、西魏，东魏又为高欢、高洋父子篡权。这二高虽为汉人，却早已鲜卑化，而且更加野蛮。五五〇年高洋逼魏帝让位，自号为齐。刚登位几年还较收敛，后来荒淫暴虐，为史上罕见，常杀人取乐。他有一爱妃，日夜与之厮守，如胶似漆。一日酒醉，忽疑其有外遇，以刀杀之，又剔其骨，制成琵琶弹唱。他酗酒，母后以杖责之，他却说："小心我把你嫁给胡人为妻。"太后气得昏死过去。真是上乱朝纲，下逆人伦，这样的王朝焉能不亡？物极必反，分久必合，这北齐终于走到了乱世的边缘，很快为周所灭，周又为隋所代。

但是这棵松树还没有结束它的使命。它立于高山之巅，把年轮外翻在头顶上，一圈一圈地细数着历史的演变。它看到隋代庙堂里又走来了一对李渊父子（与高家父子截然相反），在山下的晋阳大地上秣马厉兵，聚拢王气。终于有一天打过了黄河，建都长安，中国历史又迎来了一个大唐盛世。

历史不能改写。这树形呢？当然也变不回去了。就在这里做了一个历史的坐标。亦就俯视着大千世界，长寿至今。

# 储存时间的溶洞

诗曰：

　　竹笋一夜三尺新，
　　石笋三尺万年生。
　　龟兔何必去赛跑，
　　世间最难是慢功。

　　贵州号称世界溶洞博物馆，其中最有名的是织金洞，这里兼有各种造型的钟乳石，千奇百怪，美不胜收。本是要

作一次浪漫的赏美之旅，但走着走着倒陷入了对时间的沉思。

时间从哪里来又到哪里去了？这是哲学家、物理学家考虑的问题。它实在是太浩渺虚幻了，让常人难以捉摸，甚至从来不去想它。古人发现四季轮回，就把它叫作"年"；发现月缺又圆，就把它叫作"月"；发现日升又落，就把它叫作"日"。为了更实用一些，就借助太阳影子的移动发明了计时的"日晷"，借助容器滴水发明了计时的"滴漏"，即古诗里说的"漏声迢递"。再往后有了钟表。但所有这些都是你眼睁睁看到的正在走着的时间，那么过去的时间去了哪里？能让我们摸一摸、看一回吗？

原来它藏在地下的溶洞里。

在湘、鄂、渝、黔相连的武陵山区遍布溶洞，我曾进过一个特大的洞，可以开进一架飞机。现在这织金洞已探明的也有12公里"长"，上下4层，47个大厅，最高者150米，有50层楼房那么高。都说水滴石穿，看看大自然有多么大的耐心啊，能穿出这么大的一个石洞。水穿成洞后还不算完，它还要在洞里造石笋、石柱、石崖、石山。当年穿洞是用减法，洗去石头里的钙质；现在造石是用加法，水滴石上，留下一层"薄薄的"钙质，层层相加要数万年才长几毫米。现在眼前的钟乳石如山如峦啊，这要"滴答"多少年？有一根石柱只有合抱之粗，却有百米之高，一直顶到溶洞的天花板。这要是林中的一棵大树，我们会去测算它的年轮，而现在只能推想它的"年层"，那是多么多么薄、肉眼无法看到、显微镜无法捕捉、只能靠理论推算的"年层"啊。在没有钟表之前古人曾点香计时，它就是未有人类之前造物者留在这里的一炷香，慢慢地燃去水分，留下不去的香灰，留给将要出现的人类。可以想见这项工程的难度，要千万年间洞顶上的那个漏水点与地面垂直不变，石柱才不会歪斜；要千万年间头上的水匀速下滴，石柱才粗细均匀；要千万年间没有地震等地壳变动，石柱才不会断裂……这是一场多么耗时、耗心又多么精准的实验啊。当年卢瑟福研究原子结构，实验八千次才有一次的成功。想造物者在这漆黑的大溶洞里默默地坚守，其耐心更远在八千倍之上。神乎其技，伟哉自然！人类是绝对无法完成的，因为他没有足够的时间。

我在溶洞里徜徉，讲解员在耳边说着这些钟乳石的美丽，什么倒挂琵琶，什么霸王的盔甲，我全然没有听进去，只想着在地球上还没有树木之前，怎么就像树一样地长起这些石柱。这时路过一根石笋，只有齐腰之高，因为在路边，被游人摸得溜光。我忽然想起六年前在江西的竹林里，路边也有这样高的一根竹笋，嫩绿滴翠，像一个翩翩少年，我曾忍不住扶笋留影一张。主人说那笋子昨天还没有冒芽，一夜间就蹿了这么高。而眼前这根石笋呢？讲解员说已有四十万年。啊，小学时学历史课就记住了四十万年前才有了北京猿人。石笋一节，从猿到人啊！想一千多年前温庭筠在月光下从容地咏着他的词"柳丝长，春雨细，花外漏声迢递"，而地球却在它自己的漏声中不紧不慢地走过了46亿年。

朱自清在他的散文《匆匆》里感叹时间的流逝："是有人偷了他们罢：那是谁？又藏在何处呢？是他们自己逃走了罢：现在又到了哪里呢？"原来他们跑到地下，跑到了这织金洞里。按照爱因斯坦的相对论，空间可以弯曲，时间可以追回。那么时间也是一种矿藏。我的想法滴在时间的流里，没有声音也没有影子，我不禁觉得自己也被溶进了这个溶洞里。我参观过世界闻名的南非金矿，乘电梯下去，深不见底。我想有一天也许这洞口会挂上一块牌子——"织金时间开发公司"，像开发金子一样地开发时间。那将是世界上的第一座时间矿洞。

古人说一寸光阴一寸金，难怪这个溶洞就叫"织金洞"呢。

2022/01/12
--

记于
陕西榆林市

# 沙堆里的城隍

二〇二一年九月，我到陕北采风，听说靖边县正在出土一座城隍庙，便立马赶到现场。全世界闻名的万里长城在榆林一带被当地人轻松地叫作"边墙"，听起来就像一堵与邻家一墙之隔的短"墙"。沿长城的县都被冠以"边"字：靖边、安边、定边。远在天边有人家，墙里墙外胡汉两大家。从秦汉至明朝，这边墙内外就故事连连：有时狼烟滚滚，烽火千里；有时又开关互市，交易粮食、茶叶、皮毛、牛马。亦军亦民，忽战忽和，千百年来恩恩怨怨，成一道奇异的风景。为适应这种状况，明代沿榆林一线的边墙修了36个"堡子"，既是藏兵御敌的工事，又是开关互市的场子。慢慢堡子里聚集了人口就变成了一个小城镇。

有人就有信仰，有信仰就要请一尊神来主事，最实用的神就是城隍。城隍是个基层的综合之神。它在乡下的办公处叫土地庙，在城镇叫城隍庙。现在正挖掘的这个堡子名"清平堡"，始建于明成化年间，周长不到两公里，里面也设了个城隍。随着历史的变迁，整个堡子渐为风沙所埋。我估计这是中国最北的城隍了，因为再往前走一步就踏出了墙外，一片茫茫的草原，无城当然也无"隍"了。

考古队员正在作业，剥开层层沙堆，渐渐露出了庙墙、院落、廊房、殿宇。城隍爷端坐高台之上，文人而一身戎装，双耳垂肩，白脸红唇，身威而面慈。他宽袍大袖，右手握拳支膝，左手微张呈接物状，目视前方。廊下的武士则高鼻深目，昂然挺身，一看就是个胡人，作狰狞状以驱恶鬼。武士双手虚握，估计手中原有兵器，年深日久已经朽去，却仍不减威风。城隍爷和众文武的红袍、黑靴、蓝袖口，甚至金腰带上的云纹都历历在目。有的刚露出一个头，下身还是一个大土堆；有的半边身子钻出土外，目光炯炯，刚从古代穿越而来。总之，甩脱了六百年的风沙，都掩不住重见天日的喜悦。

我仔细研读出土的碑文，它先交代城隍的设置："城隍有祠，遍于环宇，非只大都巨邑而也。虽一村

一井，莫不图像而禋祀之。"古之帝王"张刑罚以禁民之恶，立天地百神之祀，使民不教而自劝，不禁而自惩"。又说明城隍的作用："设官，以治于治之所及；设神，以治于治之所不及。上天为民虑者深且切也！"原来古代的政治家早就看穿了单纯的行政管理并不能解决所有的问题，物质归物质，精神归精神。既要依法治国，也要依德治民。所以康德说有两种东西总是让人敬畏，这就是头上的星空和心中的道德。而在古代中国，遍布于城乡甚至于"一村一井"的城隍，就是这种道德普及的最后一公里。你不能不说这是古人的伟大发明，且能寓教于美，托人塑形，以艺术的方式呈现于民，流传于后。城隍不只是劝人行善，还导人审美，亦是一尊美神。

走出开挖现场，我遇到一个小小的遗憾。土坑旁堆着一大堆刚挖出的老树根，虬曲缠绕，须乱如麻，根部已有一抱之粗。原来这城隍庙里还有一个戏台，这些树就长在戏台上的沙土里。我说何不留下这些古树，把整座庙宇开辟成一个旅游场所，让外来的游人在戏台上吼一阵信天游，再邀城隍爷同坐喝一壶马奶酒，唱一首《出塞曲》，看一出六百年前的地方戏，那该多有味道！

# 三沙遐想

2023/04/18
--

记于
海南三沙市

我们常说"知识的海洋",而当我站在祖国最南端的三沙时,却面对着整整一海洋的知识。

三沙市陆地面积只有20平方公里,却管着200万平方公里的海洋,比新疆的面积还要大。赵述岛是三沙市西沙群岛中宣德群岛的七连屿之一,因纪念明朝赵述奉命出使三佛齐而得名,全岛只有600米长、300米宽。守岛者可能觉得身居小岛还不能表达对大海的亲近之情,又用钢材、木板搭了一个圆形的观景平台，伸出海面几十米。苏东坡只在长江上泛舟就惊呼"纵一苇之所如，凌万顷之茫然"，他若来此又当何如？

观景台下用绳子吊着一个大网箱，人不用去管它，随时拉起，里面总能收获一些宝贝。那天，我们好奇地拉起大网箱，除了各种鱼、贝，还发现了两只硕大的鹦鹉螺。鹦鹉螺与凤尾螺、唐冠螺、万宝螺并称世界四大名螺。这鹦鹉螺的奇妙之处在于它的结构，全壳分为30多个相互隔绝又能随时相通的"气室"，螺体就住在最里面的一个最大的气室里。它端坐龙椅，指挥调节各室的空气和水，决定整个螺身的沉浮。就是这么个小东西启发人们发明了潜水艇，所以世界上第一艘潜水艇就名"鹦鹉螺号"，海军从此走入潜艇时代。有谁会想到在餐桌上吃了一只鹦鹉螺，却是吃了一艘"潜水艇"呢？我们正翻拣网箱，忽有一只乒乓球大的螃蟹"啪"的一声飞出，落到远处的礁石上。哎呀，螃蟹本是在沙地里横行的笨家伙，想不到在这里竟有一种会飞的蟹。按照仿生学原理说不定还会发明出一款会飞的坦克，海陆空全域作战，威力无穷。赵述岛旁的北岛，设有海龟保护中心。世界现存的七种海龟中，绿海龟是唯一在中国海域有产卵记录的海龟。小海龟出生后游向远洋，约二三十年后性成熟，但它们即使在千里之外，也要回来产卵。这是一

种什么样的本能和惊人的记忆啊！如果也能仿生开发出药物，专治变心病，那些贪官、陈世美，还有忘了父母的不孝子孙，只要吃上一粒，就能回归初心。这会节省多少社会成本！

我站在观景台上，遥望太平洋，有巨轮贴着天边隐隐漂过，近处的大鲸鱼在翻身喷水。不觉想到这大海里还浸泡着多少知识啊，只待你去开发。

除了海里的生物，这小岛礁上也生机勃勃。整个岛上是没有淡水的，但只靠雨水，红花绿树就顽强生长，把每一寸沙石地都打扮得格外美丽。高大的椰子、棕榈、香蕉树自不必说，有一种叫厚藤的草质藤本植物极耐盐碱，叶圆而厚，藤韧而长，以它油绿的底色衬托着火红的三角梅，小岛就像汪洋中正漂浮着的一丛鲜花。远处的小岛上还有一种野牛，据说是明清战乱之际，大陆避乱居民带来的。这又让我想起清末广东水师提督李准曾勘定西沙宣示主权，除登岸升旗、鸣炮、立碑外，还在每个岛上放生过牛羊。它们靠着雨水、潭积水、绿草顽强地活了下来并传宗接代到今天。可见生命的顽强。

　　我站在三沙，遥望大海，遐想着这个地球。

2023/05/11
--
2023/10/24
--
记于
山东齐河县

# 豆腐窝水闸

诗曰:

> 堤外黄河悄悄流,
> 堤内草木自竟秀。
> 岁月静好五十年,
> 铁闸无声锁春秋。

水闸是干什么的? 拦洪蓄水, 调节水流, 是天生与洪水搏斗、逆水而生的拼命三郎。但有谁见过巍然如山, 却

寂静无声，与黄河相伴50年而滴水未沾的水闸呢？有，山东省齐河县的"豆腐窝分水闸"就是一个典型。

黄河自青海发源，至内蒙古的托克托县河口镇为上游，再至河南省荥阳桃花峪为中游，直到入海口为下游。黄河中游占全流域面积的45.7%，却形成92%的泥沙，经过湍急的晋陕峡谷，一股脑地全部压向了只占流域面积3%的豫、鲁下游之地，直接抬高了下游的河床。都说黄河之水天上来，不如说是黄沙滚滚天上来，水过开封时已经与城墙齐平了，直到入海都悬在空中。这是一把达摩克利斯之剑，世世悬在下游人的头上。

黄河总是在决堤、改道中循环，与人进行着漫长的拉锯战。直到1972年4月的一天，在黄河下游河堤最险的地段——齐河县豆腐窝，人与水开始了一次心平气和的谈判。这里向有"开了豆腐窝，华北剩不多"的说法。齐河人说："黄河，你不要再闹了。我给你修一座闸门，出得门去天地宽，足够你横躺竖卧。这里就是你的行宫，行不？"黄河说："不是我要闹，实在是年年沙淤堤高，逼得我走投无路。"于是齐河人振臂一呼，立即修起一座八层楼高的七孔大闸。闸外空出一百多平方公里，正是黄河的新居。闸前黄河滚滚去，闸后草木悄悄绿。有个成语"举案齐眉"，今天人与黄河在这里举案齐眉了，谁让这个县的名字

夜明珠

和政羊化石

正好叫"齐河"呢？黄河为这份诚心所感动，50年间竟没有一次来敲门。

我第一次去见豆腐窝水闸时，它显得很寂寞。陡峭的闸墙、僵直的钢缆、冰冷的铁门，是一个铁哑巴。两年后深秋时节，我重访豆腐窝，大闸下的水泥路面上，玉米、棉花堆积如山，豆腐窝变成了金银窝。近年黄河的综合治理渐有成效，下游危险解除，豆腐窝大闸已光荣退役，将成文物。而闸外备用了50年的那一百多平方公里的土地已升值无量。这里已经入驻了不少高新企业，印象最深的是一家医疗器械公司，小机器人都可以钻到人的血管里去。还有野生动物园，长颈鹿的头伸到二楼阳台上去吻客人的手；有珍宝馆，我第一次看到传说中的夜明珠，有汽车轮子那么大，在黑暗中熠熠发光。最可看的是一座博物馆，在诉说黄河的历史，里面有各种各样的古生物化石。庞大的黄河古象正向我们走来，七八只"和政羊"（形似羊，牛科，因在甘肃和政地区发现而得名）叠压在一起，张开大嘴像是在诉说什么。那时还没有人类，但已经有了黄河。黄河哺育了我们的祖先，但也曾带来无穷的水患，如今终于与我们握手言和。昔日的豆腐窝变成了科技窝、财富窝、欢乐窝。

人敬自然一尺，自然敬人一丈，水闸为证。

# 遇见一棵桃树

2023/06/21
——
记于
北京

　　本来这院里的树都是为美化环境而栽的。院里多碧桃，只为看花，并不要它结果。但今天路过楼下时，竟发现一株挂满果实的桃树，我怀疑是园林人进货时混进了这株真身。而它像一匹溜出了马厩的野马，正好逃脱了果园里整形、压枝之类的管束，并无龚自珍说的"病梅"之态，怒发冲冠，硕果压枝。

　　昨夜风雨，桃子落了一地。我随便捡起一颗，尝了一口，蜜汁横流，一下

177

勾起小时候山野的记忆。怕有半个多世纪没有邂逅过这种味道了，七分甜，二分酸，还有一分难言说。因为平常吃的桃子都是商店里买来的，多是反季节的温室大桃。就算是应季的桃子，也是未熟时就摘了下来，留出了运输的时间。等到了你的嘴里，白马非马，那其实已经不是桃子的真味道了。那些桃子经化肥农药的变性，加上路途遥远的疲劳，还有冷藏后的冻馁，强颜欢笑地以疲惫之身伺候你贪婪的口齿。只不过你没有尝过真正的桃子，以为它们本来就是这个样子。而眼前的这一树桃，既不是供人赏花的碧桃，也不是作为商品成长的红桃。它们自然生，自然长，是吸取了泥土之香，日月之华，雨露之精，酿造出的一颗颗真桃、原桃。正当它们汁液饱满，那薄薄的皮都快要被撑破时，恰好过来一个幸运的我，看到了它们，捡起一颗吃到了它。

世界上最美好的事物原是自然的存在，是动态中的一瞬。看来吃桃只有在树下，吃瓜只有在地头，吃鱼只有在海边，而最美的笑容只在儿童的脸上。

求之不得忽相遇，人生美好初见时。

# 抬头看见一丛荆条

　　这是一个干部大院。我每天散步时要经过一个小坡。坡顶上长满凌霄、迎春、连翘、樱花、牡丹、玉兰，都是些富贵之木。一年一年，秋有红叶春有花，一团锦绣无尽时。

　　终于有一天，我猛然发现在坡顶上还有一丛荆条树。它黄褐色的枝干钻出地面，紧紧地抓吸在坡塄上。叶扁而薄，花小而碎，跻身在这些华木荣花之间显得很不协调。唯一让我吃惊的是它的枝

条。按常规它应该只有筷子或者手指般的粗细，而这几株却有一握之粗，十分强壮。大概是它特别能吃苦的山野基因突然遇到了水饱肥足的条件，就发育得格外硕壮。可惜它生错了地方，这个院里几乎没有人能认识它。

荆条是一种最普通的野生灌木。八岁以前我生长在农村，放学后的一项任务就是上山割荆条。背回家后连枝带叶弯成手臂粗、半尺长的"荆条把"，晒干备用。它枝细叶干，木坚而韧，是引火的好材料。放入炉膛里再加上几铲子煤，投进一根火柴，拉几下风箱，就火苗狂舞，呼呼有声。这时袅袅炊烟起，饭菜满院香，那是农家最享受的时刻。当然它还有其他的用途，就是制作生产工具和生活用品。大到屯粮的粮仓，盖房的篱笆，担土送肥的箩筐，小至孩子们的背篓，灶台上插筷子用的插兜。它还有一个特殊的用途，就是充当乡村教师手中的教鞭。挺直细长，无论是敲着黑板认字还是敲哪个顽皮学生的脑壳，都很应手。这都因了它柔韧、刚劲、能伸能屈的个性。

到后来在书里读到了"负荆请罪"这个成语，对荆条又有了新的认识。廉颇居功自傲，与蔺相如争名斗气。而相如则以国事为重，处处屈身相让。这个"三家村"里的故事只有两个人物和一个道具：荆条。一日廉颇突然觉悟，便背着一把荆条去向蔺相如请罪，

本是准备让对方用荆条抽身来解气的，但这荆条并没有派上用场。相如连忙将廉颇扶起，宽容大度地唱了一出将相和。荆条虽没有抽在廉颇的背上，却抽在了千万人的心上，在史书上留下了深深的一痕。从此，"负荆请罪"成了谦诚自责、光明磊落的象征。

我每天还是照旧走过这个斜坡去散步。但是自从发现了头上这丛荆条，每过其下总有一种上悬一把达摩克利斯宝剑的味道，会仰头向它行一个注目礼，有时还要发一会儿呆。散步的人们仍是围着那些华贵的牡丹、玉兰，拍照留恋，少有人注意到这丛卑微的荆条，也叫不出它的名字。而它劲枝挺立，紫花低垂，静静立于华木之中，不以出身山野而自卑，却因曾登临庙堂而益刚，昂首坡上，威仪四方。

由于生产力的进步，农村做饭或者盖房也早已不用荆条，它的物质意义近于消失。但是自从司马迁将它引入《史记》，它就永久地留在了官场上，一代一代地拷问着宦海中人的官德人品。在它面前，有的人自责清醒而独立，有的人被鞭落尘埃，落花流水而去。

晋陶渊明爱菊；自李唐之后，世人盛爱牡丹；《爱莲说》之后坊间又多爱莲花。而我却独爱这荆条出贫瘠而益增其坚，入富贵而不改其韧。柔条绕指可亲可近，长干如鞭威严自重。它来自山野，以布衣之身而执公卿之责；植根青史，铁干铜枝尽显纯朴绵长的古风。

# 小摊上的
# 实心竹

2023/08/11
——
记于
河北北戴河

人之爱竹，爱其有节，操守可持；爱其皮坚，守颜自重；爱其虚心，纳言容人；爱其色翠，永葆青春；爱其身直，刚正不阿。单竹一枝秀春色，一片竹海有涛声。可握管为笛，奏升平之乐；亦可揭竿而起，抗强敌暴政。竹之通人性，盖草木之冠也。历来文人咏竹、赞竹之作，汗牛充栋，难尽其敬畏之心、爱怜之情。

一日逛街，见竹一节，拇指粗细，

三寸之长，掂之沉沉，并不空心。问之为何物，曰实心竹，不觉大奇。向来说竹，未曾出土先有节，长到凌霄总虚心。从未听过有什么实心之竹。后来查资料才知道，有竹之初本来也是实心，在山间与他木竞争，追探阳光，拔身比高，为节省体量，减少自重，渐成空心。但为保结实，便每隔尺许生一环节，遂成现在这个模样。这就是达尔文说的，万物总是向最完善处进化。竹虽进化，但它还不忘初心，留下了少许原始的实心之竹，藏在深山人未识。现在随着旅游商品的开发，它逐渐现身于世。竹本可爱，现又于许多可爱之处，再加一实心之奇，不由人不动心。

现在摊上卖的实心竹是供人把玩的，类似人们手中转的核桃、玉件。但我觉得这节实心竹远比珠宝古玩更珍贵。你想它为史前的孑遗之物，体积虽小却珍如恐龙。这三寸之物凝聚了一个物种的进化史，包含了竹子的前世今生。我取一根在手，润滑清凉，抚之如玉，嗅之如兰，古意幽远，初心依旧，色泽照人。于是便买了几支，并向摊主建议：你现在卖的只是裸竹，有物无文。可依竹之虚实两性，于其身刻两行字：

虚心待人人人归，
实心做事事事成。

这样游人买去，无论做纪念品还是赠送大小人物，政商民等，皆合口味。一握在手把玩乾坤，滋养精神，定能增价十倍。商家喜不自禁。

我说待明年再来，买你的有字之竹。

# 城中草原

物以稀为贵，景以奇为绝。想不到一个平常的日子，我在包头市遇到了一处极不平常的奇绝之景。

包头因为在新中国成立初期建成包钢而号称钢城，一个300万人口的重工业城市，居然在市中心留有一块10680亩的原始草原。啊，请注意，是城中间的一块草原。我估计这在全国再也找不到第二个，就是在全世界恐怕也是唯一的奇观了。

新中国成立之初，苏联专家为我们设计这座城市，不知出于什么考虑，三个城区遥相呼应却互不相连，中间空出了一片茫茫的荒原，工作生活很不方便。但后来随着人口的增加、环境的恶化，这片荒原倒成了一副舒缓城市危机的清凉剂。感谢历任的地方官员心有定力，思有远见，没有见财起意，去卖地求富，也没有好大喜功，去贪阔求洋。俗话说"天上掉下烙饼"，若非天意，怎么会有这一万亩肥嫩的草地掉在这一堆钢铁厂、水泥楼和嘈杂的人群中间呢？他们以一种宗教式的虔诚，敬畏这个上天的赐予；以对社会和自然规律的尊重，看懂了这块草原的价值，冷静地维护着她的尊严。这期间有各种冲击和诱惑，有一九五八年"大跃进"的头脑发热，有"文革"之乱，有前几年的开发热、卖地潮。但任凭东西南北风，这些西北汉子张开身上的老羊皮袄把这一片软软的草原搂在怀里。这是一块和氏璧啊，既不敢随意切割，更不能轻抛，耐心等待，总有一天会大放异彩。这是一场马拉松式的保卫战，暗中角力了四十年。终于到二〇〇七年正式立法，地方人大常委会通过了"城中草原"保护条例，二〇一四年又对其进行了修订。

恩格斯曾公开警告人类："我们不要过分陶醉于我们对自然界的胜利。对于每一次这样的胜利，自然界都报复了我们。"几十年来我们干过这种进攻自然，

又反被自然报复的傻事不知有多少。而今天终于在这里找到一个正面的典型：当我们恭敬地向自然做出让步时，大自然就慷慨地回赠了我们一万亩草原！在寸土寸金的市区，在机声隆隆的钢城，这是一块无价之宝啊。

站在观景台上，我遥望这万亩草原：一汪绿海，风过草面，层层起浪；杂花生树，水流潺潺。而绿海之岸则是鳞次栉比的楼房。住户推开窗户或登上阳台就可以看到茫茫的草原，这是在呼伦贝尔，在锡林郭勒，或者在新疆的天山牧场才能看到的宏大场景啊。陈毅曾说"愿做桂林人，不愿做神仙"，今我借其言:"愿做包头人,不愿做神仙!"

那天,我在城中草原边徘徊流连了一个多小时,直到月出于钢城之上。徘徊于草海之边,夜色中草海成了一座美丽的港湾,早已分不清是天上还是地上,是星光还是灯光。我突然想起那首经典老歌《草原夜色美》,更何况这又是一个身处城中,身处百万人怀抱中的夜色草原?我依依不舍地离开她,如曹植之告别洛神,"背下陵高,足往神留"。

# 蓝花楹

2024/04/23
--
记于
云南昆明市

两行顶天立地的大树，
一眼望不到边的紫色烟霞。
是谁给你起了这个温馨的名字：
蓝花楹——像一首歌、一杯茶。
我仰望你盈盈的笑脸，
是花，还是非花？

在春风四月天里，
你不要黄的明亮，
不要红的热辣，

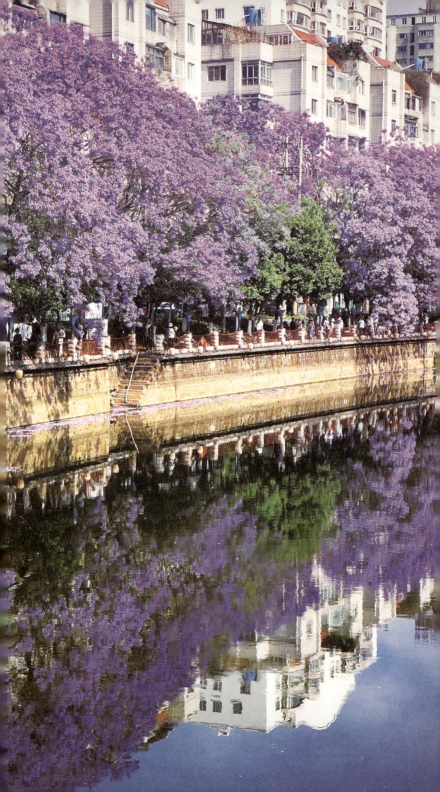

却举起无数深紫色的小手,

把人们的心房轻轻拍打,

整座春城正在一团紫雾中溶化。

我一脸的沉醉和迷茫,

这是梦,还是画?

蓝花楹,蓝花吟。

你怎么会是一棵树?

你是一首诗、一支曲、一篇童话。

你行吟着走过大地，
凤尾般的绿叶卷起轻轻的波涛，
缤纷的落英为小竹楼披上温柔的婚纱。
你把所有的美丽，
绽放成漫天的蓝花。
我仰望天空，
是花在看我，还是我在看花？

---

注：蓝花楹，紫葳科，1984年由中国科学院昆明植物研究
　　所从阿尔及利亚引进，到今年正好40年，已成为昆
　　明街头一道绚丽的风景。

◎

梁

衡

附 文 一

# 韩济生院士墨宝生成记

在春节前的 1 月 29 日，我去看望
94 岁的韩济生院士，送了老先生一本
刚出版的《天边物语》。当时他因年事
已高，稍坐一会儿即离席去休息。由他
儿子松平先生陪坐聊了一个多小时，于
下午 6 时离开。不想晚 9 时松平先生
手机传来一张他父亲读这本书的照片。
韩老在第 28 页处批道：

今日读书暂止此，留有余韵为明天。

2022年1月29日19时29分

真严谨!

过了些日子，老先生又亲自向我要微信，估计是儿子出国，不在身边。微信加上后韩老发来一段话：

"梁老师你好。我看你书非常有兴趣，就抄录了序言，发给你共赏。其中多写了两个字，怪我；少写了两个字，赖你。你能看出来吗？请给我地址，我快件发给你。"

并附两张在宣纸信笺上毛笔小楷抄录的《天边物语》序全文照。字迹清瘦刚劲，绝对不敢相信这是一位94岁老人的字。

我喜得墨宝，连忙回信："不管多字、少字都是珍品。您这么大年纪亲自抄序，已是对后学的最高奖励。"

我即发去快递信息，但没有写哪个区，平时这样也能收到。谁知他嫌地址不详，又来电问："是海淀区吗？"我答："是。"

晚上7时，又来电问快递是否收到。我回："韩老，还没有。不会这么快，明天差不多了。劳您操心。收到后我一定会精心保存，最后会捐赠给我母校的'梁衡图书馆'永久收藏。"

第二天下午，我回答他："韩老，东西已收到，请放心。你这么大年纪还亲自寄东西，真让我们感动。"

他说："你收到我就放心了。你对中国教育的贡献令我感动。你的影响力巨大无比！"

这话说得让我头上冒汗，诚惶诚恐。他可能是指，我们那天聊天时说到我的作品连续 40 年入选中小学教材，并且我还曾兼任人民教育出版社教材总顾问。因为说到教育，我立即把"4·23"世界读书日时，应人教社之邀为全国语文教师作的一场谈写作的讲座录像发给他。不想他当晚即回答，"已经看完"。

这是全长一个半小时的录像片呀。如果不是职业需要，许多年轻人都没有耐心看的，现在肯读书的人渐少，我们这个大院里的部长、熟人虽然常向我要书，但真正读完的没有几人，向熟人要书只不过是一种客气而已。我真佩服一位 94 岁老人的好学精神和严谨的处世态度。而且他并不是搞文科的，是一位针灸院士。

我们常说，老一代知识分子虚怀若谷、学风严谨，今天终于近距离接触到了这样一位长者，高山仰止，心有愧焉。

——摘自作者 2022 年 4 月 27 日的日记

◎

〔美〕范晓莉

附文二

# 《天边物语》：日常中的纯美世界

在几乎纯英语的环境中，我一直想读一读中文的书，不久前淘到了梁衡先生的《天边物语》。《天边物语》收集了梁衡先生的四十多篇散文，是梁先生万水千山走遍时，看到景物触目而发的感知感悟。

书的封面被只属于秋天银杏叶的骄黄填满了，它让我想起了在美国刚刚开始工作时办公室窗外被蓝色玻璃墙包围着的几排银杏树。秋天到了，也到了银杏树最美的季节，那映在蓝色玻璃墙里银杏叶的骄黄是否被移到了梁先生的《天边物语》里了呢？于是，我揣着童年时对书的饥渴开始了阅读。不似童年时日读寸书的神速，我发现我读得越来越缓，越来越慢。我在读什么呢？我在读梁先生眼中的花、草、树、木，梁先生笔下的人、文、景、物。在这里，花开了，盛开的韭菜花"如礼花炸响夜空，一直烂漫到天际"（《高山韭菜坪》）；柿子树粗干细枝"蜿蜒曲折，如一团飞线，在空中作不规则地飘舞卷动，宛如向空中撒出去的一张旧渔网"（《山中柿红无人收》）；雨天里热炕边的铁炉上洒了黄油的烤蘑菇香气暗香涌动，"像油画高手在幽冷的底色上又点了一笔暖色，提出了一点亮光"（《那青海湖边的蘑菇香》）；沙蔓草"忽如草船借箭，万箭齐发，忽如天气骤变一团搅动的气旋，是一幅乱针绣，是一张抽象画、一首朦胧诗"（《人与草色共浪漫》）。

如在《晋祠》里一样，梁先生不经意，不刻意，不急不促，徐徐道来。于是，景融进了文，文融化了景。在梁先生的笔下，那些被我们不经意践踏的花草树木甚至绿苔残垣，不留意掠过的人文景物，甚至路边的无名石雕小老虎和黄土高原上一个小村庄里的鞋墙，开始有型、有声、有色，有了生命，有了意义，更重要的是，有了我们见到却未悟到的美。

正是这个美，让我在纷繁杂乱的忙碌中静下心来，收住童年日读寸书的脚步，开始慢慢地读、慢慢地体会，体会这个世界的美，也体会我们生而为人能体会这世界之美的人生的美。而那被娇黄的银杏叶子填满封面带来的欣喜填满了我本应繁乱的日子。

在欣喜之余，我会边读边想，是什么使得梁先生悟到常人常常看到却未能悟到的一个美的世界呢？

是历经沧海仍心纯如镜，所以才能被"路边跳出一束艳丽的花，天上飞过一朵彩色的云……惊醒了一个已经远逝的梦"吗（《遇见一只石老虎》）？还是滚滚凡尘中一直不懈探寻，正如天雨虽宽不润无根之草，佛法虽广不度无缘之人，所以才能"古杉年年望穿眼，终于望到我这一个找树的人"呢（《徐霞客在这棵树下说再见》）？更或是彻悟天地自然的灵性，笃信"匠心力穷心用尽，不如山色一面开"（《山中柿红无人收》），且"万事有缘，凡自然之物形有所异者，必是上天情有所寄、理有所寓"（《中华版图柏》），所以才能见吾等视而不见，悟吾等修而不悟呢？亦或是我一直以为的，一个人心是美的，纵使历经沧海阅遍众生，看到悟到的世界亦总是美的呢？

无论因何种原因成文，这些日子，梁先生的《天边物语》成了我的必读之书。我以《天边物语》启日，每日一篇，在朦胧的晨光中，在徐徐的茶香里，仿佛是在向智者求智、向慧者索慧，慢慢地读，慢慢地品。

——摘自新华网 2024 年 11 月 14 日

◎

梁

衡

初 版 后 记

# 文章为美而写

## ——关于《天边物语》的审美絮语

> 按：每当作者完成了一篇作品时，就像木匠完成了一件精致的家具，满地散落着刨花、木块，还有勾勾画画过的草图。坐下来抽支烟，静对杂乱的现场，复盘一下制作过程，也是一种享受。

## 1. 引子：有没有无标题文章？

一切艺术形式的本质都是审美。当它承载社会功能时可能表现为传播信息、知识、思想、道德等，而当它独立存在时就只表现为审美。所以会有无标题艺术、无标题绘画、无标题音乐、无标题诗等。名曲《二泉映月》本没有标题，临抢救录音时才随手加了个标题。因为语言文字是人类区别于动物，进行相互交流的基本工具，其工具性大大掩盖了它的艺术性，张口提笔即有内容，很难绝对独立，几乎没有"无标题文章"。但这也不能阻止语言文字作为艺术形式独立存在，也应该有只作为形式艺术而独立存在的唯美文字。

如曲艺中已经具备故事情节的绕口令，还有语言学家赵元任用同音字写的一篇著名短文《施氏食狮史》，都可以看作无标题文章。

音乐有古典音乐，文学也有古典文学。在古典文学里由于文白分离，文字有可能甩开用于交流的社会功能去追求自己的艺术本质，作唯美的尝试。它的极端就是严格的律诗、楹联，华美的骈赋，有一定调式的词曲等。从社会功能角度看，这形式就是一种难为人的"镣铐"，一种钻牛角尖的神经病，一种该死的弊端。但是从艺术角度看，它是一种锲而不舍的努力，一种伟大的探索。你不能说模特的衣服不实用，就否定模特这个行业。偌大一个社会总得有一部分人玩内容，一部分人玩形式；一部分人解决吃饭问题，一部分人解决审美问题。人间的日子除了温饱，还需要更美丽。这在社会分工上就有了艺术家、作家、诗人一族；在文章这个单项里的分工就有了唯美的文字，来满足人们的审美需求。虽然内容和形式可以统一，也常有内容充实、辞章优美，鱼与熊掌兼得的文章，但那总是少数。而作为一项研究来讲，我们不妨探讨一下唯美的"无标题文章"。尽管，它可能只存在于概念里、实验中。这种美不在宏大的思想，而在它的意境、趣味和文字。

**2. 我有一个梦：写一本纯美的书。**

我过去倡导写大事、大情、大理，写了许多大题材的东西，也曾被评论界分类到"政治散文作家"里去。其实生活是多面的，作家应是个"全科医生"。辛弃疾有"栏杆拍遍"，也有"小儿""卧剥莲蓬"；李清照有"凄凄惨惨戚戚"，也有"生当作人杰，死亦为鬼雄"。我也常心存美的追求，想写一本笔记体散文，作一次美的实验，各美共存，兼收并蓄。一卷在手，翻阅、把玩，百看不厌。

中国有许多优秀的古典笔记散文，名篇如苏东坡的《记承天寺夜游》、张岱的《湖心亭看雪》，集子如李渔的《闲情偶寄》、张岱的《陶庵梦忆》、纪晓岚的《阅微草堂笔记》、沈复的《浮生六记》等。外国也有不少有名的笔记体散文，如《蒙田随笔》。但文字一经翻译就少了一层语言原味的美（因为你改变了它原来的形式）。参照前贤名著，我给自己这个集子定了四字标准：稀、奇、美、趣。

内容要稀缺、新奇，能产生美感和趣味。这就是我在序里说的"稀而不奇不惊人，奇而不美反成怪，美而无趣无人爱"。要四样兼备。"稀、奇"是选材，有自然之物，也有人世之事。"美、趣"是效果，轻松、隽永、耐人寻味。全书 41 篇，也就相当于读一张对开四版的报纸，最短的一篇只有 300 多字，几乎用上了一切可用的纸媒体手段：文、诗、词、曲、赋、歌、书、画、摄影等。差一点就要跳出纸面，去加声、光、电了。这是一本插图、诗词版的散文。

美是什么？从学术角度说，这是一个深奥的课题，涉及美学、哲学、心理学等学科，可以有多种定义，但说白了就是让人感到精神愉悦。美的起源是人对外界的物质感觉，视觉的形状、颜色，听觉的声音、节奏，味觉的各种味道，触觉的快感等。久而久之这种感觉附加于情绪并固定关联了感情色彩，进而又附加了理性的社会认知，就有了共同的美的理念。所以除了人人说美的共同之美，各民族、地域甚至个人还有自己奉行的个性美。

美作用于情绪有三个功能：一是让人激动。心动则美，心如死水，肯定不美。所以有了苏东坡的"大江东去"，有了岳飞的《满江红》。二是让人得到安静、抚慰。人生苦累，烦恼居多，郁积不少，要有宣泄和抚慰，所以有了朱自清的《荷塘月色》。三是让人生联想。从模仿到联想，形成王国维说的境界。人的灵魂总是想跳出肉体，向往"诗与远方"。画、歌、诗、文，都能激发联想，幻化境界。美最终的表现是和谐，动静、远近、正反、悲喜等相反相成以求和谐，按摩人的神经。中国的儒家说中庸，古希腊哲学说"是许多混杂要素的统一，是不同要素的相互一致"。

**3. 美是天然合理的自然存在。**

达尔文说："生物有一种内在的倾向，它在朝着进步和更完善的方向发展。"连动植物都在追求美丽，花朵用美吸引蜂蝶，动物用美丽来吸引异性，何况人呢？人是由物质和精神两部分组成的。在物质生活方面的向往就是吃好、穿好、住好、玩好；精神方面的向往就是情绪的舒畅，喜怒哀乐任自由，千金难买心情美。喜剧是美，悲剧也是美（学界有宣泄说和陶冶说），凡能引人遐想，畅快表达情志的都为美：客观如山水美、艺术美、思想美、社会美；主观如视觉美（如绘画）、听觉美（如音乐）、触觉美（如毛绒玩具、手把玉件）、味觉美（如食品、酒类）等。语言文字本身无视觉、嗅觉，但它的神奇功能是可以折射各种各样的美。于是又产生了一种新的独立形式——语言艺术的美。本来汉字的构成，每一个字都自带有形、声、意，都能调动人视觉、听觉的美感。更不用说由字组成的词、句、诗词、文章了。

**4. 美在真善，使人回归。**

激动也好，宣泄、抚慰也好，美的目的是让人回归，唤醒人心深处真与善的一面，从而去伪、去假、去丑、去恶，让你每临一事有静气，去恶从善返璞归真。怀真善之心而审美，反过来美又完善人的心灵，即美育功能。黑格尔说，人是动物变来的，残留有动物性。人与外部世界有两种关系：一是为了生存而毁灭对象，满足自身（动物性之欲望）；二是不毁灭对象，隔空欣赏它，这就是审美（人性的进化）。同是面对一个苹果，第一种情况是吃掉它，满足饥渴；第二种情况是不破坏，静静地欣赏它的弧线、色泽、形状等。黑格尔称艺术为"用慈祥的手替人解除自然的束缚"。

一次从美国回来的飞机上每人发一个"蛇果"，我从没有见过颜色这么红、浓、匀的苹果，舍不得吃，拿在手里看了一路，又带回来给家人看。这是审美欲压倒了食欲，不忍毁灭它。后来一次去欧洲的航班上，空姐送茶用的一次性硬塑杯，晶莹剔透，当时国内还没见过。我没舍得扔，悄悄地带了回来。如为虚荣，即应学老外随手扔掉，毁灭它。当时虽稍有犹豫，但还是审美心战胜了虚荣心。这是美的力量，是黑格尔说的那双"慈祥的手"在暗中拯救了我。我曾写过一篇《线条之美》，起因是看到一个好看的包装用瓶。这个瓶子已完成它的包装功能，既不能吃，也不能用，但很好看，有审美功能。我以求真之心尊重它，供在桌上欣赏它。所以美是一种专门的教育——美育。一切美物、美人、美景、美事、美的艺术，都能洗刷人性之恶，让人回归到一张白纸，回到真我。书中的《遇见一只石老虎》，让我们立即回到儿时的天真;《深山夜话》中玩猴人，忍饥分饼与猴吃，让人心底泛起善良。真和善都传达着美。而《丑碑记》里的几件事则照见了人性之恶，使人反躬自省，重回真善，再入美境。悲剧之美，正是在提醒真善，护卫正义。《这里有一座歪房子》，就是以斜喻正。

**5. 美在身边，只要留心。**

一谈到美，我们就想到那些经典的绘画、歌曲、诗词、文章。其实这都是艺术美，是第二性的;还有存在于自然界和生活中的第一性的美——客观美。它们分布于我们生活中的角角落落，就像路边可爱的孩子在扬起笑脸、挥动小手，而那些为生活疲于奔命的大人总是无暇顾及，匆匆而过。享受这种美不需要多少成本，不必艺术家呕心沥血地创作或收藏者花巨资去购买，只要你在匆忙的行走中用眼角的余光轻轻一扫就可收入心中。这也是一种淘宝、一种捡漏。我在记者生涯的漫长行走中常有这种"艳遇"。《虫子和它吃过的叶子》是海南的深山里的一片海芋叶子，上面布满了极规则、合理的虫洞，这是一种几何美。难道虫子进餐也有规划和计算？《路边一枝芭蕉花》，绿杆红头，极像一支饱蘸了红颜料的大毛笔，这是一种象形美。柏拉图、亚里士多德都说美就是模仿，难道植物也会模仿秀？《山中柿红无人收》是在太行山崎岖的小路上，遥看悬崖上的一株老柿子树，熟透的柿子如一盏盏红灯笼，在秋风中独自起舞，这是一种写意的美，很像吴冠中的写意水墨。在陕北的枣树林里，一棵老枣树粗糙龟裂的躯干上突然冒出一根柔美嫩绿的新枝，挂了一颗大红枣，这是一种反差之美、生命轮回交替的美。以上是在海岛、在深山所见，而就在我家的院子里，秋天红叶满墙，一处是饱满厚重的油画美，另一处却是轻染淡抹的水彩美。正是"清风明月本无价，近水远山皆有情"。真的是没有价格，不用花钱的，只需要你有爱心、常留心。如昆虫学家法布尔所说的，时刻有一颗有准备的头脑。艺术家千辛万苦去写生，刘海粟十上黄山打草稿，那是为创作。我们一般人不要这么专，不要这么苦，听之任之，随缘收获，总有美景扑入怀。

## 6. 三境之美，由表及里。

人对美的感知是由表及里的。"表"是指视觉或听觉即时感到的外形之美；"里"是指感觉之后悟到的情理美。"表"是实景，"里"是意境。我在采访的行走中常会不经意间遇到一景，眼前一亮；听到一事，心中一动。这是美的第一触动，是"表"象感观。"停车坐爱枫林晚，霜叶红于二月花"，好景、好事总是让人过目难忘。但还得进一步由"形"抽象出"情"与"理"的意境。

意境之美可分三层。第一层因客观对象产生的美感，我称之为"形境"；由形而产生的情感之美，为"情境"，即王国维所谓"一切景语皆情语"；由形、事、情产生的理性之美是"理境"。你看佛经、圣经、《论语》、庄子，目的是在说理，但又都是在讲故事。这就是文章或一切形象艺术"形、情、理"的三境之美。而"境界"之上，还会透出一种"趣味"，又是别一种美。

　　以书中的篇章为例，可以看出"物"（形、景）与"事"（人、事），怎样折射出了情与理的美。如下表：

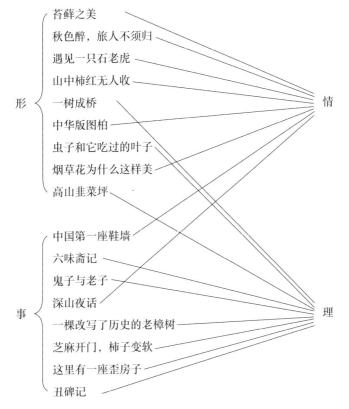

　　美总是从"形"入手，因形美进而导出情美、理美。如《遇见一只石老虎》中石虎萌萌可爱的形态，引发天真之情；《高山韭菜坪》中稀奇的韭菜花，道出生态之理。这都是由形美进入情美、理美之境。

从"事"入手也可导出情理之美。《一树成桥》讲一偶然倒地的树成了一座供人过河的桥;《六味斋记》借食品调味之理讲人生处世的道理。这都是由事美导出情美、理美。

形、事是实,情、理是虚。通过实在的美好的事物,进而抽象出美好的情和理,形成一个心中的意境,才美得长久,才可反复玩味。

## 7. 趣味是什么?

美在"三境"之外还表现出一种趣味。这可以溯源到人的味觉功能。将生理的味觉上升到心理的感觉就是心头的"滋味"。辛弃疾"少年不识愁滋味",是一种情绪的审美。李泽厚在《华夏美学》里说:"在中国,美这个字也是同味觉的快感联系在一起的。如钟嵘和司空图关于诗歌的著作,还常常将'味'同艺术鉴赏相连。"

趣味是主体以外旁生横逸的东西。是溢出河面的小溪,是花朵周围的暗香,在人是幽默,在事是含蓄,在诗歌是比兴,在绘画是写意,在文章就是趣味。一件事物如果总是规规矩矩,就枯燥;一个人总是正襟危坐,就呆板。人与物总要生出一点另外的东西才可爱。苏东坡说"竹外一枝斜更好",李商隐说"留得枯荷听雨声"，都是竹林、荷叶常态之外的东西，是旁生横逸之美。趣味是弦外之音，是美不经意间的流露。在书中，《一树成桥》，错中成趣；《鬼子与老子》，神秘之趣；《芝麻开门，柿子变软》，微妙之趣；《遇见一只石老虎》，童真之趣；《这里有一座歪房子》，反衬之趣，等等。都是主体外溢出来的趣味。梁启超一生事业波澜，著作等身，但他说，如果把他放在化学烧杯里溶化了，其实只有"兴趣"二字。序里说"物本无言，全在人悟。悟则有美，悟则生趣"。趣味是人凭借自己的理解从物中解读出来的美。如很少人注意苔藓这个最低等的生命，但在笔者眼里，它却是对人心灵的抚慰，充满情趣。"它抚摸着过去的时光，给每一件旧物盖上一层温柔。"贵阳郊外的一片草地，却让笔者联想到了草船借箭，想到了戴望舒的《雨巷》（见《人与草色共浪漫》一文）。书法家能从墙上雨水的漏痕中悟到笔意。只有对生活满怀兴趣的人才能感知到趣味之美。

**8. 趣味与意境的关系。**

美达到形、情、理三境，已经美得够可以了，何以在美的大餐中又再加一道菜：趣味？境界与实物相比已是虚境，是人们离开实体而安放情绪的一个假设的摇篮，是一处虚化的地方。我们常说妙境、仙境、险境、绝境、幻境等，但是不管怎么虚，它还是一个"境"，一个环境。而趣味，则连这个境也没有了，进一步虚化成一种"味"——趣味，或淡或浓，缥缈不定，不能定于一处，不能止于一瞬。这种美感也只有拿"味"来作比了。境界从人们对实物的审美中来，趣味又从境界中生。境界是亦虚亦实的美，如果我们嫌其虚则进一步抽象为"意象"（如本书中《常州城里觅渡桥》的"觅渡"），意象是境界美的定格，可以虚拟地慢慢把玩；如果我们嫌其实，则可以抽象为"趣味"，趣味是境界美的发散，可以虚拟地闭目品味。如果把审美对象的意境比作水，水凝则为冰，冰清玉洁，一个美丽的意象；水蒸则为气，氤氲蒸腾，一种笼罩四周的趣味。趣味可分为情趣与理趣。由情绪而生的心旌荡漾，浮想联翩之美为情趣。由思考而生的研究之心、求知之欲的美感为理趣。不管情趣还是理趣，都是由审美对象决定的。如墙上探出的一枝芭蕉花很像一支大彩笔，这是情趣。它天生奇特，不必问为什么。而一片海芋叶子，让虫子十分规则地吃成一个筛子状，就生理趣，人们不禁要思考其中的道理。"孤舟蓑笠翁，独钓寒江雪"是情趣，"问渠哪得清如许，为有源头活水来"是理趣。桌凳于地可能四脚不平，可用小木片来垫，这是常事。但是宋代诗人刘子翚却说"不是乖绳墨，人间地少平"，这是理趣。自然界随处都有趣味。

趣味又分高级和低级，这关乎审美者的知识道德修养。有时名曰审美，其实是审丑。

### 9. 视觉第一，联想生美。

在我们的五官中眼睛是最重要的，有人研究，我们得到的知识 75% 以上来自眼睛。那么人的美感由视觉而得之者也应占多数。除了声音之美靠耳朵的捕捉，绘画、雕塑、戏剧、电影、杂技等一切表现、表演艺术都靠视觉感受。湖光山色更是让人大饱眼福。王勃的《滕王阁序》借景抒发惆怅之情，留下了"落霞与孤鹜齐飞，秋水共长天一色"的名句。范仲淹的《岳阳楼记》是讲心忧天下的大道理，却从大段的风光描写入手，"春和景明，波澜不惊，上下天光，一碧万顷"。这说明感情的酝酿，常常是从眼前的景物开始，即刘勰在《文心雕龙》里说的"目既往还，心亦吐纳"，由"形"而达情及理。

我回忆自己的第一次审美启蒙是小时在旧书摊上看到一本精美玉制工艺品的大画册，买回家去每日翻看不倦，从此喜欢收集养眼之物。鲁迅赠许广平《芥子园画谱》题诗："聊借画图怡倦眼"。

　　可见好的图画可以怡抚倦眼，愉悦人的心情。本书大量采用图片，就是为增加视觉冲击。虽不能看到现场的实物美景，但通过图片转换仍会"目既往还，心亦吐纳"，油然而生美感。

　　美感产生于视、听、味、嗅、触等各种感觉产生的联想。根据相似学原理，事物间都有相似点互通，这是修辞比喻的基础，也是审美联想的前提。如说"她笑得像花一样"，人笑起来，脸部线条确实与花朵相似。书中所收图景曾在第一时间就使我心动。

　　《秋色醉，旅人不须归》是在秋天的一个早晨，我在婺源县宾馆看到满地色彩斑斓的落叶，立即想到杜甫的那句诗"此曲只应天上有"，这块"地毯"只应天上有。这是视觉与听觉间的联想，也是由景到诗、到画的联想。在此书第一次将要付印时，我在贵州的一个溶洞里看到齐腰高的一截钟乳石，竟然已有四十万年，立即联想到六年前在江西竹林里见到过一节同高的竹笋，却是一夜长成。

　　这是跨时空的联想，于是翻出旧照同框刊出，相信这种视觉冲击一定能让人感到时间的魔力、宇宙的永恒。视觉之美，由耳目入脑，如种子落地，十年、几十年，有时一生也不会忘记。

　　这些图中除大部分是摄影外，有两幅是我的画作。在野外常会遇到这样的尴尬，本来看到激动人心的一棵树、一处景，收到镜头里却很平平。

因为人眼所见是经过目光过滤、大脑处理后的形象，优于镜头的机械抓取。这时就不如亲自动手去画一张。如《一棵改写了历史的老樟树》，在照片中树与房齐高，并肩相连，而在绘画中则古树横空出世，尽显它的高大，房子却很小，更不用说房子里面的人了。是为诠释自然的伟大，再大的人物也逃不脱自然的庇护。画可以比照片更自由地表达思想。

## 10. 文章字面的音乐美。

文章不是直接的视觉、听觉，只能间接转换它们的美感。作为纸媒，视觉美可以通过插图来帮忙，而听觉，只有靠字的发音。所以读书要高声朗读，诗歌更要朗诵。前面说过汉字是由形、声、意组成，这个"声"就管文章的音乐美。

音乐美在文字中的体现是韵律和节奏。诗的韵脚除了产生声音的美感还有节奏作用，就像民乐中的鼓点、戏剧里的梆子。它是声音同时也是节拍。一句、隔句或长短句的押韵，就分出节奏的长短，产生了语气的急切与舒缓。本书以文为主，但杂用了诗词曲赋，就是为表达不同的情绪节奏。古体诗情绪饱满、节奏严整："人欲微醺半杯酒，天地要醉一夜秋。层林尽染五花马，红叶披挂百丈楼。"（《不如静对一院秋》）词就自由跌宕些："立为一棵树，倒是一座桥，桥下流水东去也，桥上行人早。一任众人踩，无言亦不恼，更发新枝撑绿伞，伞下儿童跑。"（《一树成桥》）而曲子来自舞台的唱念，节奏口语化，更显自然、诙谐、活泼。"那果儿，如灯盏引路，亮晶晶。那叶儿，如柳眉低垂，羞答答。不声不张，自是惹停了多少车马。"（《路边的钉头果》）至于赋则是从有韵文到无韵文之间的过渡，韵脚已显随意。韵律的回环与节奏的交替似断还连，就有了乐声隐约的美感。"虽军情火急，院门吱呀，不废房东荷锄归；指挥若定，读罢战报，还听窗外磨面声。一战而取辽沈，二战而收淮海，三战而下平津。全国解放，大局已定。"（《西柏坡赋》）大体上各种文体的音乐节奏感是按这样的顺序由严整到散漫，渐趋舒缓、随意：旧体诗—词—曲—新诗—赋—文。闻一多说诗歌是戴着镣铐跳舞，这"镣铐"就是韵律。

　　白话文是彻底没有了镣铐的，也就少了乐感，所以有时我们仍愿重戴"镣铐"，借助诗词曲赋的形式再找回一点儿乐感。只要留心，就是在散句子的白话文中，语言仍然可以利用声韵，用调整单音或双音词等方法，抑扬顿挫，起伏跌宕，暗存乐感。这说明文章与音乐还是有天然的联系。

我曾经说过"文章为思想而写，为美而写"，而这本书是专门为美而写的。

2022 年 2 月 5 日，春节初五日